我就是劍仙 31

小刀鋒利 ◎著

CONTENTS

目錄

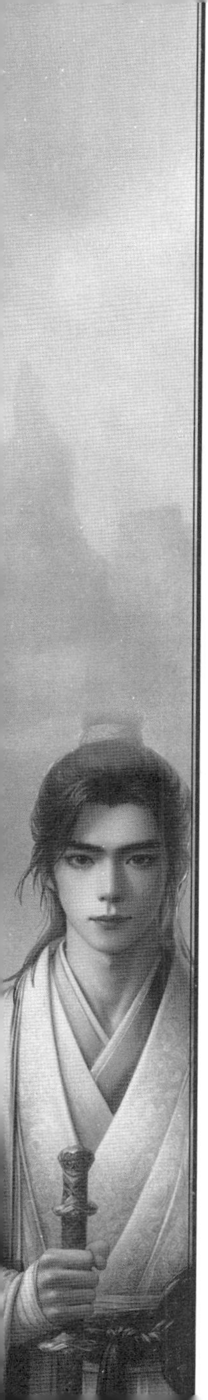

第一章

驚變

公孫道的尷尬也並沒有持續太久，宋煜提醒他盡快將家人遷移到第一層天，他也同樣知曉利害，面對一個已經踏入靈級，並且開始展開瘋狂殺戮的九韻大佬，他這個普通靈級顧得上自己就不錯了，根本護不住整個家族。

那邊公孫夫人和一眾族人都很感慨，當年最不看好的一樁姻緣，多年後卻拯救了他們整個家族。

修行者想要遷移很簡單，就連宮殿都能隨手丟進儲物世界，很快，這片偌大疆域上曾經的繁華城池已然變得冷清下來。

公孫道沒走，他看著宋煜：「從宋廣祁那裡論起，你是晚輩，但從道祖那邊論起，你算前輩，畢竟……我過去也一直以道門中人自居。」

「如果說原本的莫名只是針對你宋家和南宮家這兩座九韻道場，我們不便，也沒有勇氣插手。」

「那麼現在，他針對的是整個三十三層天世界！我是個俗人，但亦有血性，接下來你要去哪裡，我和你一起！」

宋煜拱手：「公孫前輩大義！」

公孫道苦笑：「非是我大義，面對這種劫難，必須得想明白一件事情，覆巢之下無完卵，不反抗的結果肯定是死！」

說著他看向還沒離開的公孫竹，微微抿了抿嘴：「趕緊走吧，去第一層天等著我們，爹雖然粗暴了點，但保護家人這種事義無反顧！」

公孫竹眼圈微紅。

公孫道笑道：「雖然妳找的男人不怎麼樣，但妳男人生的兒子卻是一條好漢！」

宋煜：「……」老丈人罵女婿，他一個晚輩也不好為自己父親辯解什麼。

公孫竹小聲嘀咕道：「祁哥很好的……」

喻宏濤卻是有不同意見，笑著道：「道兄此言差矣，我倒是覺得，廣祁那孩子非常不錯。」

公孫道翻了個白眼：「不就生了個好兒子？」

喻宏濤笑道：「要按道兄這種標準，整個三十三層天世界也沒幾個人能入你眼了。」

公孫道嘿了一聲，卻也沒反駁。

眾人隨後起身出發，帶著原本那數萬人以及又新加入進來的幾百個公孫家熱血年輕族人，朝著下方世界而去。

蝶聖谷在第十六層天。

眾人一路破解封印傳送陣的法陣，倒是拯救了不少萬界萬族小門小戶的生靈，等到十六層天時，宋煜身後的「大軍」已經聚集了超過十萬人！

李道長有些感慨：「之前去人族祖地歷練，倒是聽過一句話，叫仗義每多屠狗輩……誠不我欺啊！」

公孫家的人口超過百萬，然而真正有勇氣跟在宋煜身後的不過數百人，但這些沒什麼太大背景，沒怎麼被莫名放在眼中的修行者當中，有血性者卻是數量眾多……

如果不是宋煜攔著，不允許聖級以下的人跟著，此時身後怕是已經聚集幾百上千萬人！

公孫道和喻宏濤面對這種情況，全都露出幾分無奈。

喻宏濤道：「我們家族裡面，膽量大小這種事情就不多說了，關鍵是養出一群蠢貨，主動跑去送死……」

儘管喻宏濤已經脫離那個家族，但提及此事，依舊有些意難平。

他都成了三十三層天世界的笑柄了，人們提及「喻九韻」，必提他那群蠢到極致的族人。

公孫道也在反思，他這些年在家族裡面說一不二，看似擁有絕對權威，可真的到了關鍵時刻，別說幫忙，連個商量的人都找不到。

再看宋煜，一路破陣救人，儘管還沒跟莫名對上，不清楚戰力究竟如何，但光是這份勇氣和胸襟，就足以令人生出無限感慨，而這人卻是他最討厭那個人的兒子！

人都不想當「傻子」，卻非常希望別人都是那個「傻子」，當這種「傻子」出現在面前時，內心深處又會生出一股強烈的敬佩之情。

因為這種傻，往往代表著熱血、仗義、正直和善良！

一群人來到蝶聖谷這裡，因為有了先前經驗，破陣速度很快，但在這個過程中宋煜卻突然察覺有些不對勁，於是叫停了李道長等人。

跟在身邊的蝶仙子有些困惑地看著宋煜。

宋煜以精神密語給她傳音道：「情況有點不太對，姨娘先別急……」

蝶仙子輕輕點了點頭。

公孫道和喻宏濤等人也紛紛過來，詢問發生了什麼事。

宋煜沒有回答，微微閉上雙目，運行皆字祕中的無上法，先是無聲無息將一身戰力提升到最強，隨後放出以眾生民意大道為基礎的超強思感，默默感應了一會。

他微微皺眉，眼中也不由露出幾分怪異之色，輕聲道：「不應該啊……」

他催動陣字祕藏和列字祕藏中的無上法，以最快的速度開始在這片天穹布下虛空法陣。

蝶仙子有些急，還以為是蝶聖谷發生了什麼事。

就在這時，異變突生！

一股宏大的氣息帶著恐怖到極致的威壓轟然落下，方向正是跟著宋煜過來那群「萬族大軍」那邊！

一切都發生得太快，那邊一群上至韻級，下到聖級的萬族生靈根本來不及反應，便在這股威壓的壓迫之下紛紛從高天跌落。

「轟隆！」

一座巨大法陣驟然升起。

幾乎所有人都以為這是莫名的法陣再度被啟用，但下一刻他們就發現和想的有些不一樣。

升起的這座法陣抗住了突如其來的恐怖壓力，在高天之上響起一聲恐怖爆鳴。

很顯然，法陣是宋煜布下的；而那股壓力卻來自另外的人！

此時此刻，已有體型龐大的恐怖生靈憑空出現在宋煜等人頭頂，向著這裡發起絕殺！

在場這麼多人，包括李道長和公孫道這種靈級強者，之前竟無一人發現。

「轟隆隆！」

宋煜身上飛出一枚印章，爆發出無量光，當場就將這股壓力轟得稀巴爛，這像是打破了一道屏障，十幾道身影自高天現身出來。

眾人看見這一幕，全都心中一凜，可以說莫名的行為再次顛覆他們對這個異族九韻大佬的認知。

橫行無忌，霸道囂張是莫名身上的舊標籤；行事周密，布局深遠，是在場眾人的全新認知！

先前在公孫家那邊並未遇到什麼情況，以至於人們全都下意識放鬆了幾分警惕，這次在蝶聖谷沒想到還有「陣中陣」存在。

若非宋煜足夠警惕，加上手段強大護住那邊眾人，恐怕現在所有人都已經再次被埋伏入陣。

公孫道和喻宏濤看了眼高天之上出現的身影，各自衝上去，剎那間爆發出強大戰力。

李道長等人則全都看向宋煜。

幾乎是在同一時間，宋煜的精神密語傳遞到他們耳中，再次讓所有人為之震撼：「注意，莫名就在這裡！」

這次就連李道長眼中都露出不可思議的震驚神色。

宋煜怎麼知道？還有，莫名如今不是應該還在下面進行血祭嗎？怎麼會出現在十六層天這裡？

難道他的血祭速度如此之快，短短時間就將那十幾層浩瀚大世界的萬界萬族生靈全都滅殺了？

此時高天之上大戰已然爆發。

宋煜剛剛倉促布陣，扛住了轟向那十幾萬修行者的恐怖威壓，此時虛空陣已消失，那些人仗著人多勢眾，咆哮著殺向這邊的異族生靈。

有公孫道這個靈級和喻宏濤這位「半步九韻」在，戰況還算平穩。

宋煜望著蝶聖谷上方某處虛空，沒有開口，而是踏著行字無上法，剎那瞬移過去，九祕印章祭出，砸向某個點位。

「砰」一聲恐怖爆鳴傳來，洶湧的能量向著四面八方衝擊。

規則無比完善的三十三層天世界，在這股力量的衝擊下都顯得有些扭曲，一些區域甚至變得支離破碎。

一道身影從那裡衝出來，披頭散髮，頂著一張醜陋而又違和的臉。

「莫名！」遠方的李道長等人瞳孔緊縮，低聲吼道。

宋煜收回九祕印章懸在頭頂。

「匡！」

衝出來的莫名拍向他的一掌也如期而至，這裡發生劇烈大爆炸！

即便有九祕印章護持，宋煜依然被從高天拍落到塵埃，身體被深深打入到大地當中。

李道長眼珠子都紅了，咆哮一聲：「莫名……你的對手是我！」

莫名冷冷瞥了眼李道長的方向，隨後身形如電，朝下方落去，在這過程中再次出手，打出一束血色光芒，精準地順著宋煜身體砸出的大洞而入。

李道長雙手一揮，虛空出現一張巨大的八卦圖，那上乾坎震兌巽離艮坤符號飛速旋轉，閃爍流光，橫在莫名下方。

八束光芒從那上射出，形成一道天地八卦牢籠將莫名困在其中。

無數人看見這一幕，全都忍不住心中激盪，發出驚天動地的歡呼聲。

可就在下一刻，八束光芒轟然炸裂，莫名身影再度出現在眾生面前，可以清楚看見他此刻有些狼狽，身上戰甲和戰衣破碎，出現大量傷口，鮮血流淌出來，一些部位露出森森白骨，嘴角也溢出一絲鮮紅血跡。

而李道長這邊，卻隨著八卦牢籠被破大口吐血。

莫名那張醜陋違和臉上，閃過一抹嘲諷。

「道祖門下，不過如此！」

「宋煜，也不過如此！」

這是莫名說的第二句話。

高天之上，戰鬥依然還在繼續，但這邊的所有生靈內心深處全都湧起一股絕望情緒。

被寄予厚望的年輕大能宋煜，一個照面就被人打入地底，生死不知；眾人當中公認的資歷最老、戰力最強的李道長，也被人頃刻間破去強大神通。

面對這樣一個恐怖存在，接下來要怎麼打？還有希望嗎？

公孫道驟然一聲怒吼，手中長戟劈開一頭體型碩大的異族生靈，將其劈成兩半，咆哮道：「怕個屁？這是一場攸關萬族生靈生死存亡的戰鬥，是宋煜和李道長這一兩個人的事情嗎？上！打就對了！」

喻宏濤使用韻級印章砸死一個對手，招呼眾人道：「無非一死，便是飛蛾撲火也要把火熄滅，殺！」

說話間，他和公孫道兩人不約而同朝著莫名那個方向殺了過去。

敢在這種時候留下，跟在眾人身後的萬族生靈，終究還是不缺勇敢和血性的，聞言全都咆哮著向莫名那邊殺去。

李道長也再次凝神聚力，和身邊一眾道門強者一起朝莫名方向衝過去。

「呵，匹夫之勇！」

莫名雖然也受了點傷，但並不嚴重，看著這群衝向他的萬族生靈，平日裡幾乎看不出任何情緒波動的臉上，滿是嘲諷之色。

他神念一動，就要引動他早已在此地埋伏好的血祭大陣，這才是真正的目的！

殺死一個宋煜，一個李道長算什麼？

憑他現在的實力，根本不會很在意一兩個對手。

他用蝶聖谷做餌，最終目的就是在進入第一層天之前，先血祭了這群境界不低的勇敢者！

可就在下一刻，那張醜陋臉上瞬間變了顏色。原本應該被啟用的血祭殺陣，竟然一點動靜都沒有！

此時公孫道、喻宏濤、李道長等一大群人已經殺到他的面前。
莫名心中驚怒之下接連出手，施展出各種無上神通，將這群人全部擊飛出去！
「轟！」
他對李道長祭出了之前從未用過的韻級印章。
雖然不清楚發生了什麼事，但莫名的戰鬥本能相當強大，打算先把這些有點難纏的對手幹掉再說。
「咚」一聲沉悶聲響，宋煜那枚九祕印章再次出現在這裡，擋住了莫名的韻級印章，雙方激烈碰撞，隨後便發生無與倫比的超級大爆炸。
無數來不及逃走的生靈被這股力量吞噬，當即灰飛煙滅！
這種事情就連宋煜也是無法控制的。
跟一個已經踏入靈級，透過血祭將自身境界推到極高的可怕對手戰鬥，根本顧不上其他人。
「轟隆隆！」
先前被打飛的李道長等人頂著這股爆炸產生的能量波動，再次反殺回來，向莫名發起絕殺。

莫名此時也已經知道，宋煜不僅沒有死，傷勢也沒他想像中的那麼重！

隨著血祭帶來的境界提升，內心深處已經消失很久的那股不安再次襲來，他仰天發出一聲怒吼：「宋煜，滾出來，與我正面一戰！」

一道璀璨奪目的劍光從天而降！

原本應該在大地深處的宋煜不知為何竟然從高天之上，彷彿具現出來一般，憑空出現，手中盤古劍斬出煌煌劍光。

「老子來了！」

劍光速度太快，也太凌厲，虛空都被徹底切開，剎那間便來到莫名頭頂。

莫名身上爆發出血色符文光幕，被這道劍光劈在上面，無數符文被磨滅，但新的符文剎那間就會生出。

「看見了嗎？你連我的防禦都破不開，又拿什麼來和我戰？」

莫名這種情緒都不會產生多大波動的異族生靈，無比罕見地開始用這種方式來減輕內心深處的壓力。

這次反倒換成宋煜不言不語，催動皆字祕，運行兵字祕，腳踏行字祕，對莫名發起凌厲至極的攻擊。

成片劍光自九天而下，宛若劍雨，瘋狂磨滅莫名身上的血色符文。

所有人看著這一幕，全都被震撼得幾乎說不出話來。

李道長披頭散髮，渾身浴血，看著這漫天劍光，眼眶都有些濕潤，忍不住喃喃輕語：「兵字祕藏……這是將兵字祕藏修行到極致的象徵啊！」

其他道祖門下也全都一臉感慨，直至此時，他們方才真正明白李道長代替道祖收了個怎樣的弟子。

「你已經踏入韻級？怎麼可能？我通過血祭天下蒼生，好不容易才獲得提升，你又是憑什麼？」

莫名心中不安越來越強烈，尤其看著不久之前還是聖級的小傢伙，「一眨眼」工夫就成為韻級大能，手持靈級果位印章，簡直難以置信。

「你的路錯了。」宋煜也不多話，甚至惜字如金，對莫名發起狂轟濫炸。

雙方都以神念波動進行交流，看似很漫長，實則就是剎那間。

面對宋煜這一波凶猛攻勢，莫名始終在防守，此刻聽到「你的路錯了」這句話，他怒吼一聲：「乳臭未乾的小兒懂什麼修行路？」

「轟隆！」

他身上血色符文光幕剎那間徹底炸開，爆發出的威能將這片高天都徹底打碎了！

面對宋煜，他發出無與倫比的超強一擊，又是一束血色光芒射向宋煜。

「去死吧！」

這一次，宋煜可以清楚感應到周遭時空變得無比黏稠，對方的神通中已經蘊含了最頂級的時光與空間法則。

他全力催動行字祕藏中的至高法，接著，他人看似還在這裡沒動，任由那束血色光芒穿過。

境界高深的李道長、公孫道和喻宏濤等人忍不住齊齊發出一聲驚呼，而莫名那張醜陋臉上卻是見不到一絲喜色！

他咬牙切齒：「想不到你對時光與空間的領悟竟然也到了這種境界，以你的實力……怎麼可能？」

「你們這群人，太過墨守成規，太把境界當回事了。」

宋煜人似乎依然站在那裡，他的神念波動卻從四面八方傳遞過來：「大家對天道法則的掌握程度其實相差無幾，所謂聖帝韻靈，說到底無非就是力量的大小！」

「可這世上的戰鬥，從來都不是按照力量大小來定勝負。」

「你以為的、和你堅持的那些東西，對我來說同樣不值一提，莫名，你信不信，今日便是你的死期！」

「轟隆隆！」

莫名身上猛然間燃燒起一片血色火焰。

「少在這裡裝神弄鬼！」他咆哮，血色火焰刹那間燃燒整個虛空。

此時此刻，依然被封印的蝶聖谷裡面，幾乎所有蝶妖都被嚇得瑟瑟發抖，有些甚至跪伏在地……

不是他們想跪，而是受到上方恐怖法則的影響，即使隔著法陣，依舊難以抵擋。

七十二聖之一的蝶聖和夫人並肩站在一起，目光透過波動劇烈的法陣產生的縫隙看著外面這驚人一幕。

蝶聖嘴角都在劇烈抽搐：「為什麼啊？」

他不過七十二聖之一，何德何能被莫名這種毀天滅地的大佬如此青睞？竟然就在他家門口，布下這樣一個驚世駭俗的局？

身旁夫人悠悠說道：「你女兒選了一個好男人，那個男人又生了一個好兒子……」

蝶聖俊美臉上布滿黑線：「我寧可沒有這件事！」

蝶夫人道：「如果這次我們贏了，這件事你至少能吹噓一萬年！」

蝶聖沉默了會，嘆了口氣：「要是真的贏了，一萬年哪夠？我能吹噓個百萬年！」

……

「宋煜，看見了嗎？本尊這是眾生之火！」

莫名燃起的血色火焰將這片高天全都燃燒成虛無混沌，就連李道長、喻宏濤和公孫道這群境界高深之人也都無法靠前，紛紛祭出最強防禦，迅速往後退去。

「轟！」

下一刻，漫天血色火焰像是被一場無形大雨給熄滅，虛空中傳來宋煜冰冷的神念波動：「你少吹牛，仔細看看，這才是真正的眾生之火！」

看，自然是看不見的，宋煜的道火早已進化成為湮滅級的道火，但莫名可以感應到！

他一臉駭然，失聲道：「剋我？」

隨後他身上再次亮起血色符文光幕，因為再不防禦，宋煜的道火已經快要燒到他！

見「血祭道火」不僅對宋煜沒有任何殺傷，反倒被剋，莫名再次衝上去，施展出各種無上神通、祕術，跟宋煜大戰在一起。

雙方不僅在鬥法，更是在鬥法器！

祭出的法器在虛空中發出接連不斷的恐怖爆鳴巨響。

被宋煜在造化烘爐祭煉過的玉函、磨盤、無憂鍾和神皇旗等頂級法器在這過程中爆發出讓莫名不敢相信的可怕威能。

他無法理解，為什麼宋煜祭出的這些法器全都有靈，這讓他無比的嫉妒！

「天道竟也如此偏心！」他咆哮著，身形螺旋上升，顯化出不可名狀的巨大本體。

那是一個奇形怪狀，散發著滅世氣息，體型宛若超大恆星的怪物。

隨著他的瘋狂旋轉，已經被打到虛無混沌的虛空開始發生奇異的彎曲，這種恐怖的重力便是宋煜也有些吃不消，釋放無上法力硬扛著，準備動用心神劍！

就在這時，一隻大手不知從多少層天下來，一路洞穿所有壁障，出現在十六層天的蝶聖谷上方天穹，一把攥住顯化出本體的莫名身軀。

然後，輕輕一捏。

「砰！」

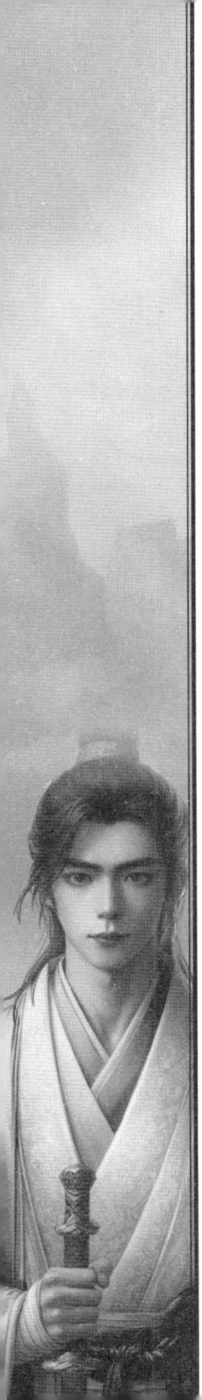

第二章

他夠格嗎？

莫名身子炸開，這種場面簡直比恆星爆炸都要恐怖。

宋煜頭皮發麻，收起動用心神劍的心思，將行字祕藏中的至高法催動到極致，動用時光與空間法則，剎那遠離此地。

轉頭看去，無論是莫名本體，抑或是那隻大手，全都消失得一乾二淨，就像從來沒有出現過。

宋煜寒毛倒豎！

就在這時，一股驚天動地的歡呼聲音響起。

「宋煜！」

「無敵！」

「太威武了！」

萬界萬族散發出的精神波動形成可怕共振，化作強大無匹的能量，剎那間湧入到宋煜祕藏之地。

這群境界高深的生靈念力化作極品的「柴」，道火再次得到提升！

宋煜有些茫然地回首望去，十餘萬的各族生靈臉上全都洋溢著興奮之色，再看李道長、喻宏濤和公孫道這些人同樣也都如此！

「這……」宋煜眼中露出驚疑不定之色。

他看向李道長，以精神密語問道：「師兄，你剛剛……有沒有看見什麼？」

「什麼？」

李道長的反問，讓宋煜一顆心瞬間沉入谷底。

「一隻手！」

「什麼手？」

那邊追問。

「呼！」宋煜長出口氣，默默運行真經，恢復著翻湧的五臟六腑。

這一戰，太詭異了！

他剛剛本打算動用造化烘爐和心神劍，就算不能將莫名徹底斬殺，重創是沒有任何問題的。

可還沒等他動手，那隻無比詭異的大手就一把將顯化出本體，散發著無比危險氣息的莫名給捏爆了！

堂堂九韻之一，已經踏入靈級，血祭很多層天世界的超級強者，竟然就這樣……無聲無息的死了？

這時李道長一邊往這邊飛，一邊傳音給宋煜道：「跑就跑了，沒關係的，你這個年紀，能以韻級境界，將靈級的九韻大佬打到如此狼狽的落荒而逃，已經很了不起！」

跑？跑了？

宋煜愣住了。

就在這時，李道長已經飛到他面前，臉色前所未有的嚴峻，衝他瘋狂遞眼色！

宋煜感覺腦子「嗡」的一聲，意識到什麼，罵罵咧咧的道：「這該死的東西，下次見到必將他碎屍萬段！」

「呵呵，既然已經逃走，那也不足為慮了。」公孫道從遠方飛來，眼裡充滿震撼，一臉喜色的道：「不得不說，你的表現太讓我感到震驚了！那是莫名啊！竟然都不是你的對手！」

「當真威武，先前我甚至都有點絕望了！」喻宏濤也過來，身上帶傷，但全然不在意，看向宋煜的眼神中帶著無法隱藏的欣賞。

宋煜衝著兩人拱手施禮。

一刻鐘後，蝶聖谷這裡本就支離破碎的法陣被宋煜破解。

蝶仙子終於見到父母，撲進母親懷中大哭起來。

容顏俊美的蝶聖則第一時間衝上來，對宋煜道謝，態度無比親熱，甚至還帶著一絲絲的諂媚，只是沒人笑話他。

這種超越認知的年輕新貴，誰不想認識？

別說他，連過去自視甚高的公孫道，此刻面對宋煜這個年輕人，態度都那叫一個親熱。

宋煜暗中觀察，發現除了李道長之外，這裡沒有任何人看見那隻大手，甚至就連看見的……都是被人精心「設計」的場景！

出現在他們眼中的，是宋煜大殺四方，一劍重創顯出本體的莫名，然後莫名再次恢復人形，一邊吐血一邊逃之夭夭了。

其實也不用暗中觀察，此刻幾乎所有人都在瘋狂熱議。

「莫名逃了！」

「這個試圖血祭整個三十三層天世界的瘋子大佬……終於被人給制住了！」

「還有什麼是比這更加令人激動的消息嗎？」

此時甚至有人迫不及待拿出各種通訊設備，聯繫第一層天，要將大獲全勝的消息傳遞過去，與所有人一起分享這份喜悅。

宋煜則多少有些心不在焉。

他先前雖然說過莫名必遭天譴，但這裡面有個深層次的原因——如果三十三層天真是一件法器，那麼法器背後的存在絕不會允許有人動自己的蛋糕！

他猜到了開頭，但沒想到竟然會是以這樣一種令人難以置信的方式。

那隻手到底是哪裡來的？三十三層天的「靈」？還是祕藏路那頭的存在忍不住出手？

看李道長那張同樣有些蒼白的臉，宋煜能感覺到對方似乎多少知道一點什麼，但完全不敢說！

就在這時，李道長開口道：「宋煜，莫名已經重傷逃走，我們應當兵分兩路……」

宋煜會意的點點頭：「師兄打算如何安排？」

李道長道：「首先就是破陣！破掉所有被封印的法陣，還三十三層天萬族生靈自由！然後就是尋找莫名下落，他受到如此重創，短時間內根本就無法恢復過來，只要找到他，說不定一群韻級就能將其鎮壓！」

宋煜點點頭：「人族祖地那邊，應該有不少精通破陣之人，我們可以先破掉各層天的傳送陣那裡的法陣，然後去那邊請些救兵過來。」

李道長：「善！」

兩人都不是三十三層天的最高統治者，但此刻兩人的話就如同法旨一般，沒有人會表示拒絕。

公孫道和喻宏濤這些人主動請纓，要去尋找莫名下落，只要能幹掉那個傢伙，這世界也就徹底太平了。

雙方迅速分開，蝶仙子帶著父母和蝶聖谷眾人前往第一層天，剩下的人各行其是。

宋煜跟李道長破陣速度比從前快了很多倍，一路從第十六層天，破到最底層的三十三層天，然後兩人非常默契的前往唯一通向外界的……門戶！

直到這裡，雙方都始終沒有任何關於那一戰的交流。

此地被莫名設下重重法陣，看著法陣的運行情況，宋煜瞇著眼，輕聲嘀咕了一句：「還真的是沒死啊……」

李道長也沒說話，與宋煜聯手合力破陣。

當最後一重法陣破開那一刻，下方猛然衝進來一群人，將宋煜跟李道長全都給嚇了一跳，差點就要出手。

只不過在看清來人之後，這才放鬆下來。

「你怎麼會在這裡？」宋廣祁有些吃驚地看著宋煜，隨後看向李道長，微微一怔，拱手道：「見過李道長！」

南宮妍則趕忙來到兒子身旁，仔仔細細打量著，見宋煜沒事，這才長出口氣，道：「我跟你爸發現這邊有異動，立即趕來，還好你沒事。」

宋煜看著站在爸媽身後，眼波如水望向自己的妻子們，沒有多說什麼，拉起老娘南宮妍的手示意眾人跟上，一群好容易來到三十三層天的人就這樣又被宋煜給帶回到人族祖地這邊。

同行的龍虎山老天師等一群頂級祕地大能全都一頭霧水，但看著李道長和宋煜神情，誰都沒有多問。

很快，眾人便重回「人間」，相聚在低維世界的龍虎山上。

「現在能說了吧？」龍虎山老天師捋著飄在胸前的花白鬍子，看著李道長：「在搞什麼名堂？」

這兩位也是老相識了，李道長當年分身遊歷人間的時候曾有過不少交集；宋煜同樣看向李道長，關於捏爆莫名本體的那隻大手來歷，他也好奇得很。

見兒子這幅表情，宋廣祁和南宮妍更是一頭霧水。

李道長看著老天師道：「你我先聯手布下結界。」

老天師微微一怔，道：「要這麼謹慎？」

李道長點點頭：「多謹慎都不為過！」

老天師似乎意識到什麼，點點頭，和李道長一起，在這古色古香的會客廳裡面一起布下多重結界。

宋煜觀察，兩人布的結界當中蘊藏很強的時光與空間法則。

這才意識到這位老天師竟然也是個沒有果位，但卻掌握極高級別天道法則的大佬！

結界布好後，看起來眾人還是在低維的人間世界，實際上無論時間還是空間，都早已發生不可測的「位移」。

「那東西終於出現了？」老天師沒頭沒尾的問了一句。

李道長無言的點點頭。

老天師臉色頓時凝重起來，罵了句：「操他媽的！」

宋煜和眾人都因為老天師的這句咒罵而震驚了。

李道長嘆了口氣，道：「我本以為那只是個傳說。」

老天師咂咂嘴：「誰不是呢？」

看著二人在這裡打啞謎，眾人心中焦急，不過無論老天師還是李道長，輩分都太高了，他們不說，旁人也不好問。

李道長沉默了一會，突然對老天師道：「對了，給你介紹一下，宋煜，我代師收徒的小師弟。」

老天師一雙眼猛地瞪大，有些不敢相信地對著宋煜看了又看。

先前宋廣祁和南宮妍帶著宋煜過來拜訪，他並未出關，只讓兒子代為接待。兩夫妻輩分雖然不低，但還沒到讓他親自出關接見的地步。

這次出來也不完全是因為宋廣祁和南宮妍的請求，而是他也同樣感受到三十三層天那邊傳來的特殊異動。

對宋煜這種年輕小輩，老天師通常會用欣賞的眼光看兩眼，最多再開口勉勵兩句，已經算是天大的面子。

可沒想到李道長居然說……宋煜是他代師收徒的小師弟？

「道祖親傳？」老天師打量夠了，目光看向李道長：「他夠格嗎？」

李道長點點頭：「夠，太夠了，這次動靜，就是小師弟弄出來的。」

老天師再次打量宋煜幾眼，隨後看著李道長：「細說！」

李道長使用開放的精神波動，迅速將事情經過畫面傳遞給在場眾人。包括宋煜身旁的一群妻子，他也沒有忽視。

這種精神畫面瞬間便可解讀，李清瑤和師雪仙等一眾女子都有些難以理解畫面中的戰鬥意味著什麼，境界差得有點多。

但宋廣祁和南宮妍這種出身三十三層天世界的人，在看見那隻似乎貫穿不知多少層天，憑空出現的大手那一刻，眼中全都露出駭然之色。

李道長傳遞的，就是宋煜跟莫名大戰的畫面，他當時也的確是全都看見了！

宋廣祁喃喃道：「我記得很小時候，曾聽父親說過，三十三層天世界很可能隱藏著一尊真神。那會我還問過，什麼才算是真神？活在這個世界的萬物眾生，不都是不死不滅的真神？」

「父親說可主宰一切的……方才為神。」

「狗屁真神！」老天師挺不客氣地咕噥了一句，看了眼有些無語的宋廣祁，語氣稍緩，道：「要非這麼說倒也不是不行，畢竟身為永恆之靈。」

宋煜跟老天師畢竟不熟，也不好向他發問，只能將目光投向李道長。

李道長道：「我來說吧。其實自這個紀元開始，就有很多人都懷疑過三十三層天這個永恆世界的來歷。」

「我們師尊是第一批成道之人，高居第一層天面向萬界講經傳法。」

「和師父一起成道的，還有其他種族的一些生靈，他們獲得三靈九韻果位的時間相差並不大。都是從各個祖地飛升上來，進入三十三層天之初，都很興奮。」

隨著李道長的講述，關於這個紀元之初的一些往事逐漸浮出水面。

首先是各大祖地世俗凡間的人或其他生靈，通過各種機緣修煉有成，然後發現各大祕地。

經過漫長歲月的發展，境界提升到一定水準，自然而然的向外探索。

三十三層天，就是所有至高生靈殊途同歸之地！

那種不死不滅的永恆氣息會讓任何初次進入的修行者都欣喜若狂，如果說這世間有天堂，那麼那裡就是了。

而且第一批進入的各族修行者，都會認為這是個無主之地，畢竟找不到任何前人留下的痕跡。然而隨著時間推移，終究還是會從祕藏路，抑或是三十三層天某些隱祕的角落裡發現一些問題，進而產生懷疑，生出探索之心。

永恆不死，只能說是萬物生靈的第一層次追求。當不死實現了，自然而然會生出更高追求。

更何況是在發現可能存在「史前」文明的前提下，萬界萬族的頂尖強者都會好奇一個問題——既然三十三層天世界是永恆不滅的，為何還會存在史前文明？他們又去哪了？

尋找過程中，很多人要嘛迷失在祕藏路上；要嘛遠走天外，耗盡漫長光陰，幾乎要將肉身和神魂全都耗死也一無所獲，最終灰溜溜回到三十三層天修養。既然無法破解謎團，那麼就只能盡量提升自身境界，至此大家拚的就是天賦了。

諸如道祖這種，多次進入祕藏路，也多次遠走天外悟天道法則，鑄造化烘爐。鑄成那一刻心生感應，再次踏上祕藏之路，從此一去不回。

但在走之前，多次提醒李道長等親傳弟子不要去追求果位，只感悟天道法則即可。

「師父曾與我說過和宋九韻差不多的話，三十三層天世界可能有靈，準確說法是……有異！」

宋煜微微皺眉：「器靈？」

李道長搖搖頭：「不是那種靈，而是一種很特殊的存在，正常情況下，它既不會有靈智，也不會干預任何人和任何事，除非有生靈影響到世界的平衡。」

宋煜看著他：「比如瘋狂血祭萬族生靈的莫名？」

李道長點點頭：「過去只是一種猜測，並不敢確定，畢竟就連師父當年鑄成造化烘爐，也沒有引起它的反應。但這次，它居然真的出手了！我擔心在那裡談論會生出不可預知的變故，所以只能帶你來到這邊。」

老天師喃喃道：「當年我也曾與道祖討論過這件事，按照我們的猜測，三十三層天是被放置在那裡的一個陷阱，所謂果位，獲得之後確實可以大幅增加實力……但卻也如同一個明晃晃的標點，可以引導無量劫精準投送！更是如同一個麻痺萬物生靈的溫床……」

「道祖當時已經獲得了三靈之一的果位，剔除已然不可能，這才因此踏上祕藏路，想要尋求一個解決之道。」

「關於三十三層天世界的那個東西，說器靈也好，說它是特殊的異常存在也好，我們曾聯手探索過，如凡人望虛空，最終一無所獲。卻不想最終會被莫名給啟用。」

李道長嘆息道：「這麼看的話，這一紀元的無量劫應該是快要來了。」

老天師點點頭：「是啊，我們都已升無可升，那東西也被啟用，想必另一邊的存在已經知曉……麥子熟了，可以收割。」

他臉上無悲無喜，像是在說一件無所謂的事情，看著李道長：「與其在那邊折騰，都不如聯手先清理一波這邊！」

李道長苦笑道：「這不好吧？」

老天師翻了個白眼：「有什麼不好？你我身為人族大能，自然要為人族利益去考慮，什麼他媽的宇宙大同，貧道狹隘得很，只關心自己同族。也只有三十三層天那種破地方，才會把萬族生靈聚攏到一起。」

「這處人族祖地，紀元之初走出了多少異族生靈？如今回想起來，必是上個紀元結束時那些人留下的種子和暗手。」

李道長嘆了口氣：「也罷，那就清理一番吧，就是不知道會驚出多少活了無盡歲月的老怪物。」

老天師冷笑一聲：「老怪物能有多老？都是一群妖魔鬼怪，弄死就完了！」

說著他看了眼宋煜和一眾女人，沉默了一下，道：「年輕人，你的天賦讓我有些吃驚，可惜時不我待，你今生怕是沒機會踏入至高境界了，聽我的，回頭帶著你的老婆們回人間生孩子！」

宋煜：「……」

老天師道：「我沒和你開玩笑，記得多在血脈上做文章，不要去尋找你們自己這種特殊高靈，沒那個必要。每個紀元之間相隔多少年沒人知道，一切隨緣就好！」

「你道這世俗凡間為何會存在？又為何如此重要？原因就在此！留種用的！」

說著老天師又看了眼宋廣祁和南宮妍，目光落到南宮妍身上：「南宮丫頭。」

南宮妍微微欠身。

老天師道：「妳懂了嗎？」

南宮妍輕輕點頭，道：「等一下我就和夫君一起，去將那些人都接過來。」

老天師點點頭：「這才對，開枝散葉，留下血脈才最重要！」

……

李清瑤、師雪仙、趙環、蕭晴、趙清怡、姜彤、彩衣……所有人全都雲裡霧裡地跟著宋煜回到了現世家中。

她們參加了一場重要會議，似乎聽到很多了不得的祕密，但又似乎什麼都沒聽懂。

也不能說一點沒懂，大家都意識到將有大事要發生，可裡面的細節，已經很久沒有跟在宋煜身邊、缺失了很多訊息的她們一無所知。

老婆還是要寵的，宋煜從頭到尾給她們講了一遍，眾女這才明白，只是臉上都帶著難以置信的神情。

三十三層天是個巨大的坑？是陷阱？是天劫緣起之地丟過來的……牢籠？

這實在太令人難以置信了。

「也就是說，每個打開祕藏之地的修行者，都會毫無例外地死在用來收割我們的無量劫中？」李清瑤看著宋煜問道。

宋煜點點頭：「按照我所掌握的訊息是這樣的。」

師雪仙輕聲道：「無數個紀元，反覆更迭，一旦成熟就會被收割……我們是否應該銷毀世俗凡間所有開祕藏的修行法，重新創法？」

宋煜愣了一下。

師雪仙道：「你想啊，如果事情真的像你說的那樣，等到無量劫過後，世間再無修行者。」

「隨著時間推移，無數年過後，各大祕地的靈氣溢散出來，我們的血脈後人和那些天賦很好的生靈在下一個紀元，不是還要面對這種劫難嗎？」

「靈氣復甦，他們自然而然會根據可以找到的各種修行法去修行，要不了多久就會打開祕藏之地……重新走回我們的老路。」

「如果我們能在現在就銷毀人間祖地所有打開祕藏的修行法，就算無法開闢出一條全新的修行路，至少……不會讓後人重蹈覆轍吧？」

眾女眼睛一亮，全都覺得師雪仙的說法很有道理。就連宋煜，都不由得陷入到沉思當中。

李清瑤在一旁說道：「這太難了！就算我們思慼可以輕鬆覆蓋這顆低維世界的小星球，銷毀此地的所有修行法。進一步連那些祕地的修行法也都銷毀掉，但又如何保證其他祖地不會出現這種問題呢？」

師雪仙輕輕說道：「那和我們有什麼關係？」

李清瑤道：「還是有關係的，那邊的人修行起來，早晚有一天會找尋到這裡，他們的修行法也終究會流入到這裡。」

師雪仙愣住，這確實是個很大的問題！

趙環在一旁說道：「能否通過三十三層天的萬界萬族生靈，找到所有祖地呢？」

眾女看向宋煜。

宋煜想了想，道：「可以是可以，但你們有沒有想過祖地是怎麼來的？那些開啟祕藏的修行法又是怎麼來的？就算我們能夠找到所有祖地銷毀所有開祕藏的修行法，又有誰能保證，無量劫至，修行者全滅的情況下，不會有新的修行法降臨於世？」

師雪仙有些頹然的嘆了口氣，沉默不語。

宋煜道：「所以我覺得，找出三十三層天的祕密，然後劈了它，或許是我們眼下最好的選擇。」

第三章

歸墟

「劈了三十三層天？」

剛剛滅掉一處被異族占領的高級祕地的老天師，伸手抹掉嘴角一絲血跡，斜睨找上門來的宋煜，似笑非笑地道：「你在作夢呢？」

這位活祖宗說話那叫一個不客氣，偏偏宋煜還不能和他生氣。

就算他是道祖親傳弟子，輩分在當世高到嚇死個人，面對這位跟道祖同輩的「老神仙」，那也是不折不扣的晚輩。

「做不到嗎？」宋煜問。

老天師呸了兩口血沫出來，一屁股坐在石頭上，示意宋煜也坐過來。

宋煜坐在他身邊。

老天師道：「我已經很強了！」

宋煜偏頭看了他一眼。

老天師：「本紀元開天闢地第一批修行者，靈級巔峰，生平斬過無數妖魔鬼怪魑魅魍魎，說是當世最強生靈之一，沒人有意見吧？」

宋煜「嗯」了一聲。

老天師呵了一聲：「但就在剛剛，我幹掉那個異族老不死的時候，也會受傷，甚至如果沒有你趕來時補的那一劍，傷勢可能會更重一點……」

說到這，他側過頭，看著宋煜：「但我們現在打一架，你也未必是我的對手！」

宋煜沒否認，剛剛他過來找老天師，這位活祖宗出手絕對是滅世級別的，對各種神通和法則的運用，嫻熟而又凌厲，他看起來都頭皮發麻。

雖然沒在精神識海建立模型進行推演，但也知道以他眼下的戰力，想要擊敗老天師的可能性微乎其微。

「就連我都不敢生出一劍劈了三十三層天世界的念頭：」老天師輕嘆一聲：「你這想法本身是沒問題的，但太過於想當然了！你要明白，三靈九韻的果位……都是那東西賦予的！」

「莫名雖然談不上當世最強，但卻被一隻手輕鬆捏爆，即便當時死的不是他的全部……也足以說明那東西的強大。」

「劈了它，或許真的可以解決問題，可是我們沒那實力呀孩子！」

說到這，他目光越來越柔和，笑著道：「你確實是我見過的天賦最強之人，絲毫不遜色我們這批先賢中的任何一人，可留給你的時間太少了，讓你現在踏入到靈級也沒希望。」

「一點希望都沒有嗎？」宋煜有些失落地問道。

老天師瞇著眼，久久不語。

就在這時，祕地入口處傳來一道平淡聲音：「也不能說沒有。」

「師兄？」宋煜眼中猛然間亮起了光。

老天師罵道：「小李子你想幹什麼？」

宋煜滿頭黑線，不過想想這位老祖宗的輩分，喊李道長一聲小李子似乎也沒什麼大不了。

「老天師，宋煜其實說得沒錯，劈了那東西，不要所謂的永恆之地，未必不是破局之道！」

老天師耷拉著眼皮，淡淡說道：「你想讓他不等無量劫來就死嗎？以眼下的形勢來看，老老實實生孩子才是正理。」

李道長飄然而至，身上明顯也帶著一些傷，看得宋煜多少有些心驚，想不到地球祖地這裡隱藏著那麼多的恐怖老怪物，這已經不是底蘊深厚的問題了，似乎有太多上古存在，早就猜出三十三層天世界有問題，全都蟄伏在這邊。

「多生孩子自然是好，不過終究不能在根本上解決問題，留到下一個紀元，依然還是禍根。」

李道長也飛到這塊巨石上，坐在宋煜身邊，拿出個酒葫蘆，咕咚咕咚灌了兩口，這才接著說道：「如果能以我們這代人的犧牲換取下一個紀元的太平，我想也是值得的。」

「若換不來呢？」老天師問。

「那就換不來，左右無量劫至，所有人都難逃一死。」李道長灑脫地道。

老天師沉默良久，才開口說道：「按照地球人間紀元法，無量劫就算馬上到來，那也是幾十上百年後的事情，這幾百年可以誕生很多血脈強大的後代，但卻未必夠去到那裡嘗試的時間。」

李道長點點頭：「您說得對，不過不試試，又怎麼知道不行？」

宋煜看著他問道：「師兄你就別跟我打啞謎了，說吧，什麼地方？」

李道長看了他一眼：「歸墟。」

宋煜：「……」

李道長道：「那裡是所有物質的最終歸宿之地，也是這世上最恐怖的混亂之地，充斥著莫名其妙的恐怖生靈以及連我們都計算不出的未知凶險。」

「道祖曾去過那裡，老天師……也曾去過，不過都只是在外圍轉了一圈就走了。太危險！」

宋煜看向老天師。

老天師沒好氣地道：「看什麼看？那個時候我和道祖都已經是靈級！連那裡的表層都扛不住，只遠遠看了一眼就走了。」

宋煜問道：「那如何確定能在那裡獲得提升？」

老天師道：「不能確定。」

宋煜：「……」

老天師：「只要你能在那裡活下來，你就已經超越靈級了，但是否能夠突破到更高境界以及能夠劈開三十三層天世界，依然未知。」

李道長：「去那裡需要完全體。」

老天師：「所以你這就是餿主意，這小子的妻子們會恨死你！」

李道長嘆了口氣，看向宋煜：「你自己拿主意吧。」

其實老天師也好，李道長也好，兩人並非意見相左，在他們的認知中，如果宋煜想要短時間內突破到靈級乃至更高，那地方確實是最好的選擇，但太危險了！

以完全體過去，就是不能留下任何分身，想要留一道分身跟老婆們製造孩子都不行，然後很可能會一去不復返。

這種選擇，確實不好做。

……

「什麼東西？不行，我不答應！老天師說的沒錯，李道長出的這叫什麼餿主意？不行，我要去問問他裝的什麼心！」

心情本就不是很好的南宮太后聞聽此言，當場就炸毛了。

被無量劫殺死，那是所有修行者一起死，就當那是一場滅世天災好了。可在無量劫到來前死了，連個後人都沒留，那叫什麼事？

她本就因為宋爸前往三十三層天接那些女人和孩子而有些不太開心，聽到宋煜這話，直接就怒了。

宋煜妻子們也不答應。

之前宋煜留下一道地球身說是要製造孩子，其實也沒造成，那時候想的是尋找滿意的高靈。

身為祖地，不是沒有高靈存在，可想要找到合適的，就沒有那麼容易了。這期間眾女也遇到過一些，都不是很滿意，挑挑揀揀，都沒著急。

如今驟然發生這種事情，本身就很鬱悶——好容易修煉到長生，大劫卻要來了！

自家男人居然還要在這種時候冒險去道祖跟老天師都只敢在外圍溜達一圈便

轉身走人的地方……

李清瑤看著宋煜：「不準去！」

其他人沒開口，不過臉上表情跟李清瑤沒什麼區別。

南宮妍看著宋煜道：「兒子，就算你修行的是眾生民意大道，但這天下眾生的生死存亡總不能壓在你一個人肩上，李道長自己怎麼不去？他那麼心繫蒼生，他怎麼不去？」

宋煜道：「媽，這事跟師兄沒關係，他也沒那麼心繫蒼生……是我問老天師，他正好趕上……」

南宮妍打斷道：「怎樣都不可以！如今三十三層天世界既然已經暫時太平，回頭你可以帶著她們去那邊，接收你爺爺和外公的道場，利用那裡的資源提升所有人的境界，然後乖乖回來生娃！」

「如果有一天無量劫真的要來了，留下大量後代，我們一起進祕藏之路，是生是死，一家人一起面對便是！」

宋雪琪也在一旁說道：「沒錯，我們先修行，以後再說這件事情吧！」

宋煜算看出來了，一家人就是沒有一個同意的。

想想也能理解，道祖跟老天師踏入靈級之後都不敢涉足的地方，他又憑什麼能在那裡活下來？

造化烘爐？那東西不是道祖鑄造的嗎？

九祕無上法？不也是道祖的東西嗎？

就算宋煜史無前例走出一條屬於自己的修行路——眾生民意大道，那又怎樣呢？

那種恐怖的地方會在意你修行的是什麼法嗎？

……

數月後，宋廣祁從三十三層天世界帶回了一眾紅顏知己和三個寶貝女兒，並未帶回到世俗凡間的家。

不管怎樣，他還是很尊重南宮妍這位正宮的。

他將人安置在宋煜最近打下來的一處高級祕地裡面，南宮妍帶著宋煜和一群兒媳主動過去探望。

不得不說，正宮威力確實大！

別看公孫竹和喻寧霞這種私底下一口一個小妖女、小婊子，見面那一刻，全都低眉順眼，老老實實，像是有種血脈壓制。

這麼多年過去，南宮妍也想開了，尤其是寶貝兒子的一群老婆們都能和諧相處，也給了她很大啟發。

宋雪琪也見到了三個「妹妹」，其實如果按照年齡，宋煜和宋雪琪明顯小太多，但無論陳婉還是喻家姐妹，都沒對兩人是哥姐這件事情有任何爭議。

見後院兒和諧，宋廣祁鬆了口氣，聽說宋煜生出過前往歸墟歷練想法後，宋廣祁倒是沒有那麼明顯的反對，只是嘆了口氣，拍了拍兒子肩膀。

「先生娃吧！」

宋煜：「……」

說真的，他和眾女，當下如果不生高靈子嗣，想要懷孕簡直太難了！

尋常真靈無法靠近，即便靠近……也根本經不起這些人恐怖境界之下的頂級血脈。

這段日子已經試過很多次，只一個「排異反應」，就是連宋煜都無法解決的問題。

對此，李清瑤的建議是乾脆還是別用高靈好了。

「我們不讓孩子修行不就好了？」

「當初你也是高靈，還是頂級高靈，如果不是我把你拉過去，你不也好好的當你的花花公子？」

宋煜摟著懷裡老肩巨滑的李清瑤，苦笑道：「高靈……妳說不讓他修行，他就不修行了？」

李清瑤也有些無語，確實，想要讓高靈不踏上修行路，除非父母強行干預，否則冥冥中的那股力量終究會引導其踏上修行路，就像宋煜。

多少知道一些無量劫真相的宋廣祁和南宮妍當年也不想讓他踏上修行路。身為頂級高靈，就算不修行，在世俗凡間也可以生活得很好。

事實也是如此，年紀輕輕事業有成，除了女朋友徹底消失在這世上，神通都無法抹除他腦海中的記憶外，其他一切都很好，但最終他還是被召喚到異世界。

或許那時，宋廣祁和南宮妍兩夫妻就已經明白，有些事情不是他們能夠阻止的，阻止了這次，也還會有下一次。

後面的事實也足以證明，頂級高靈在修行路上的成長速度可以有多快。

若是沒有無量劫，給宋煜足夠的時間去修行和歷練，未來必成這世界的至高主宰之一。

李清瑤嘆息道：「那你說怎麼辦？我們這些人……不，是世間萬物生靈，感覺就像是被人設計好的，無論怎樣發展，不管科技還是靈性，最終都會走上修行那條路，都會打開祕藏之地……」

「估計設計我們這個世界的人，從一開始就已經想到我們所能想到的一切了。我們身在局中，根本無力去阻止這一切。」

宋煜輕輕嗯了一聲：「所以我才會想到去歸墟破局。」

「又來？」瑤寶氣勢洶洶翻身騎上來，怒視著宋煜道：「就算死，也是我們一起死，你自己去逞什麼英雄？」

下一刻她臉色微粉，「嘶」了一聲，柔聲道：「你是知道的，我從來都很支持你，無論任何事，但這件事不一樣，我不想你去！」

很快她眼裡似要滴出水來，微微提臀，輕咬貝齒，哼哼唧唧的說道：「反正我不管，接下來我們就一起去三十三層天，先把境界提升上去再說。」

宋煜「嗯」了一聲：「行，先製造孩子！」

……

轉眼又是數月過去，地球祖地已經被李道長和老天師以及其他華夏祖地的大能聯手清理一遍。

一場沒有驚動世俗凡間，但卻天崩地裂的大戰終於落下帷幕。

宋煜參加了其中幾場，未盡全力，但強悍無匹的劍術還是讓李道長和老天師等人咋舌不已。

李道長再次提及那件事情，感慨：「道宮九祕雖是師尊所創，但小師弟卻青出於藍，將其發揚光大，單純劍道已經超越師尊。」

這一次，老天師罕見的沒有反駁，和其他人一起都表示了贊同。

這群活了無數年的活化石都看出宋煜並沒有徹底盡全力。

老天師道：「之前我說你不是我的對手，現在收回這句話，真的打起來，以我眼下這種血氣有些衰敗的狀態，還真的未必打得過你。」

宋煜看了眼跟在自己身邊的李清瑤跟師雪仙，以及宋嬋和宋慈兩個小尾巴，有些無奈地嘆了口氣。

說到底，爸媽這群人內心深處終究還有僥倖心理。

即便知道無量劫是真的，也都在心裡想著——萬一無量劫不是馬上就來，萬一是幾十上百萬年之後才來呢？那麼一家人不就可以和和美美的在一起生活很久很久？

如果宋煜真的去了歸墟，一旦發生意外，往後餘生，無論他們，還是宋煜身邊這群妻子、紅顏，肯定不會再有任何快樂可言。

隨著祖地這邊的各大祕地被肅清，眾人又重新把目光投向三十三層天。

如今那裡還有大量區域處在被莫名封印的狀態，按照李道長這群人的想法，絕大多數是懶得去管的！

在他們看來，那一座座巨大的道場被封印之後，如同一個個獨立的小世界，和被封印前也沒什麼區別，並不影響生活。

如果沒人去血祭，那法陣反倒是一種保護……

宋煜也懶得去管。他是修行眾生民意大道，但是三十三層天世界的萬族生靈念力，他沒多大興趣。

順手的話可以，專門去破陣，他也沒那精力。

李道長也打算回去了，跟宋煜等人一起踏上歸程，南宮妍也在。

一方面她想給宋廣祁和其他女人一點團聚的時間，否則只要她在家，宋廣祁就不可能不顧及她的感受。

另一方面，她是真的怕兒子半路突然撇下所有人跑去歸墟送死。

眾人順著門戶回歸最底層天，一路朝著傳送陣方向前行，卻在通向三十二層天的傳送陣處遇到一個特別意外的人。

那張醜陋而又違和的臉，別說宋煜跟李道長，就連李清瑤和師雪仙這種只聽說過但從未見過的人，都能一眼認出來！

莫名！

宋煜跟李道長相互對視一眼，都從對方眼中看到深深的困惑。

這傢伙沒死，兩人都知道，否則那些法陣會有一些變化。

但他不應該出現在這裡，看起來似乎還專門在等著他們。

「這種時候，難道不是應該找個犄角旮旯藏著，滿心不甘地舔舐傷口嗎？」對敵人，宋煜直接出言嘲諷。

南宮妍則多少有些緊張地看著這一幕。

兒子真的厲害了！眼前這人可是跟她父親和公公同時代同級別，把她和夫君追殺得不敢回家的九韻大佬啊！

莫名那張醜陋臉上依舊沒有太多表情，只是平靜地看了眼宋煜，說道：「談談？」

「專門等我們？」宋煜問道。

「等你。」莫名道。

「嘖嘖。」宋煜砸了咂嘴，問道：「去哪裡談？」

莫名指了指他們剛剛飛來方向，宋煜一腦門子問號。

莫名：「你也不想我們之間的談話，被某些存在給聽見吧？」

宋煜看了眼李道長，又看了看老娘和其他人：「你們在這裡等我。」

包括老李，眾人都有些緊張。

不管怎麼說，莫名終究是個靈級的九韻大佬，就算宋煜眼下已經擁有超強戰力，可萬一這瘋狂的異族大佬想要拚命呢？

宋煜笑道：「放心吧，沒事的。」

李道長緩緩點頭，道：「我們也一起過去，就在入口處等待，給你一刻鐘時間，夠了吧？」

莫名看了眼李道長，目光在南宮妍臉上掃過，開口說道：「你們不用擔心他的安危，首先我不會拿他怎樣，其次就算我想，以眼下這種狀態也沒機會。」

南宮妍冷冷道：「我們不信任你！」

莫名沒反駁，只是說道：「你們想跟著就跟著好了。」

說著他主動朝著門戶方向飛去，宋煜動身跟上。

……

「我沒想過自己會敗得這麼慘。」莫名微微仰著頭，看著那顆地球的太陽，悠悠說道。

「如果不是那個奇異存在出手，我相信我會成功，你不是我的對手！」莫名那雙沒什麼情緒的眼眸中流露出幾分少見的複雜情緒。

「你找我來，就是想要和我說這個？」宋煜問道。

莫名搖搖頭：「可能我太蒼老了，開始變得喜歡和人講道理。」

宋煜看著他道：「那天如果沒有那隻神祕的手，我或許很難殺你，但你也別想把我怎麼樣！」

以他的戰力，加上造化烘爐和心神劍，火力全開，他還真的不怕眼前這位九韻大佬。

「也許吧，畢竟從你崛起，我就始終有種強烈的不安，哪怕最後真正帶給我重創的不是你，但你畢竟是源頭，並且我也從來沒有真正看透過你。」莫名倒是沒有嘴硬。

他看著宋煜：「我在那裡等你們，是想和你做個交易。」

「交易？」宋煜看著他：「你和我？」

莫名點點頭，醜陋臉上寫滿認真：「對，你我之間做個交易！」

宋煜倒是沒有急著拒絕，道：「你說說看。」

「我把我的血祭大法傳授給你，你繼續我未完成的路，我想這對你來說不難！實在不行，你變成我的樣子也沒關係……因果我來承擔！」

「你瘋了？」

「我沒瘋，我也知道你的道與我不同，但我可以告訴你，你的道不如我的道！」

宋煜笑了，看著他道：「都敗成這樣，夢還沒醒？」

莫名眸光無比堅定：「我並非敗於你手！正因為那個神祕存在史無前例的對我出手，恰恰可以證明，我的道才是破解這一切的根源！」

宋煜微微一怔，旋即搖頭：「你想多了，我倒是覺得，對方是因為你虎口奪食的舉動才想要幹掉你。」

有些事情用不著多說，大家都懂。

其實宋煜和李道長私下也聊起過這件事，一直認為無量劫確實快要來了。

原因也是——大家都懂了！

莫名看著宋煜，依舊想要說服這個年輕人：「我原本就對你沒有任何惡意，如今更是沒有，包括你的父母，我當年的想法就很簡單，奪取三靈九韻二十四帝七十二聖所有果位，此其一！」

「血祭世間萬物生靈，先從三十三層天開始，把這三十三個世界清理乾淨，再去清理各大祖地！再到諸天萬界！」

「這是一條可以真正突破造物主為我們定下的『靈級至高』的路！」

「宋煜，我之所以如此肯定，不是想當然。」

「事到如今，我也不怕告訴你實話。我，莫名，一個被你們稱為異族的、本體不可名狀的可怕生靈，在很多個紀元之前也曾身為人族！」

「並且，也是三靈之一！」

第四章

道爭

很多個紀元之前，也是人族？也曾是三靈之一？

看著莫名那終於露出強烈情緒波動的一雙眼眸，宋煜多少有些震驚，腦海中不禁想起先前破陣那會的疑惑，如今終於豁然開朗。

「我身為人族那一世，曾自行創出一部無上法，可將高靈偽裝成普通真靈，並將訊息全部儲存在內，無量劫來臨之際，真靈逃逸，藏身於祖地世俗凡間，熬過漫長末法時代，直到無量劫的影響徹底消失，再重新出世。」

「我可以說，這世上，包括驚才絕豔的道祖在內，沒有誰比我更清楚無量劫是怎麼回事！」

「你知道嗎？血祭大法是我先後經歷十幾個紀元，十幾次無量劫……才最終形成的無上法！」

「可惜每一次都要重來，否則積累十幾個紀元，我的境界將無人可敵！」

莫名指著那顆太陽，淡淡說道：「這處人族祖地，庇護了我先後六次！所以這裡的一山一水，我比任何人都要清楚無數倍！崑崙、蓬萊那些仙山，也曾留下過我的身影。」

「宋煜，我用了十幾個紀元，才終於把那隻手給逼出來，也終於證明這十幾個紀元以來，所有三靈九韻的共同猜測——三十三層天世界有靈，專門用來監控我們。」

「你的道是眾生民意對吧？雖然我沒嘗試過，但你這種依託於萬界萬族、萬物生靈的大道，宛若空中樓閣、水面浮萍，太虛了！」

「聽我一句勸，我將血祭大法給你，你來血祭天下。再拿走全部果位，必然可以成長為能跟三十三層天世界之靈抗衡的超然存在！」

「然後，你只需要帶著我沉睡的真靈，護我一程，將來若有機會到達彼岸，放我出來，讓我看看那邊到底是一群什麼東西！」

「若失敗，我也不怪你，到你我這種境界，我相信定會遵守諾言。」

「至於被血祭的世間萬物生靈，宋煜，就算沒有你，無量劫一來，剎那間全都灰飛煙滅！永遠不存於世間！」

看著情緒波動比較劇烈，但並沒有多麼慷慨激昂的莫名，宋煜思忖著。

他倒是沒有想過血祭天下蒼生，只在思考莫名這番話幾分真，幾分假，他沒有天真到別人說什麼就信什麼的地步。

哪怕沒有從中感受到任何虛偽成分，可眼前的是一尊靈級的九韻大佬，天知道他內心深處到底怎麼想的？

「你能給我具體講講無量劫來的時候是什麼樣子嗎？包括來之前會有哪些徵

兆？以及無量劫消失以後，大概多久，各大祖地會開始靈氣復甦？」

莫名點點頭：「可以！」

他虛空盤坐在那裡，長髮披散著，身上散發著一股萬古孤寂的意韻。

「無量劫至，會很突然，事前毫無任何徵兆。由內而外，比靈級天劫強大幾百上千倍的可怕雷霆先劈道基，再斬元神，至於真靈會如何……這個我不知道，也不敢亂說。」

「但至少，我活了這麼多個紀元，從來沒有見過任何兩朵相似的花。所以我猜，真靈應該是被收割走的東西。」

「我這種只能算作異類，痛苦的幸運兒。」

「所以你問無量劫來之前會有哪些徵兆，我的回答就是沒有徵兆。」

「至於無量劫消失後多久會恢復正常，這個我倒是專門留下過手段計算過。按照祖地低維世界的紀元方式，少則幾百萬年，多則幾億甚至幾十億年，這個時間不固定。」

宋煜看向他：「這麼久？」

「久？」莫名那張醜陋臉上露出笑容：「你出身低維世界，哪怕已經掌握了時光與空間的法則，對時間的認知依舊還有些停留在過去，這點時間對我們來說其實不過是一瞬。」

宋煜想了想，點點頭：「你說的也對，時間其實是不存在的。」

莫名道：「對，還有，你可知我為何如此醜陋？」

宋煜愣了一下，面頰微微抽動：「不知道。」

莫名：「我這張臉，每一處違和都代表著一個紀元！那是我付出的代價，刻在真靈上的印記，無法消除。」

宋煜面露震驚。醜都能醜出道理，這個是真沒想到！

莫名嘆了口氣：「你或許無法理解我內心那種苦悶，最初那一世，我也曾與你一樣，身為集天地靈秀於一身的人族天驕，一心想著上進，想要證明自己。直到發現無量劫的痕跡，找尋到很多史前文明的模糊遺址。」

「我說過，我是最悲慘的幸運兒！一世又一世，我都在苦苦尋找破局之道，然後目送一波又一波蓋世天驕踏上那條祕藏路……沒用的！」

「這一世也是如此，其實我曾與道祖，以及另外兩個三靈天驕隱約透露過一些。」

「可惜他們並不信我，我也不怪，畢竟只活一世的生靈，沒有那個見識。」

「而且天驕皆自傲！如果第一世的時候有人告訴我這些，我同樣也不會相信。」

「但現在我可以用立即自殺在你面前的方式，來證明我沒有撒謊騙你。」

宋煜點點頭道：「你說的這些，我姑且相信，但有一點，我不會傳承你的血祭大法。」

莫名沒有動怒，沉默了一會，開口說道：「難道到了這種境界，你還無法堪破生命的真相嗎？血祭是不會真正死亡的，無量劫……卻會讓真靈永遠消失在這世上！」

宋煜道：「我不是不相信你的說辭，只是想要告訴你，我的道未必比你的差。」

莫名笑了。

「真是個自信的年輕人，這樣吧，我們換個地方打一場，離三十三層天世界遠點，也不要在祖地這裡。我讓你看看，已經被三十三層天世界之靈重創過的一個老不死，究竟還剩下多少你擋不住的戰力！」

就在這時，不遠處突然出現一群人，正是不放心宋煜的李道長和南宮妍以及宋煜的妻子們。

宋煜衝那些人擺擺手：「我沒事，你們回去等我。」

「不必了。」莫名道：「正好讓他們一起做個見證，我不會傷你，只想讓你明白，你的道……不行！」

這次他沒用精神密語，而是用公開的神念波動說的，眾人都聽見，一頭霧水地看著他們。

宋煜道：「道爭，我們兩個。」

李道長頓時想要說點什麼，南宮妍卻搶在前面，惡狠狠地道：「爭個屁？莫名，當年你想殺我和我的夫君，現在又想害我兒子是吧？」

莫名看了她一眼，輕笑道：「南宮丫頭，妳自己好好想想，如果當年我想殺你們，你們真的能逃到祖地？我只需要到門戶處等著你們就夠了。」

南宮妍：「……」這話，她真的沒辦法反駁。

莫名繼續道：「更何況這麼多年我不也沒有對你們玩真的的？就算這裡各大祕地都有頂尖高手，但我這種陰險狡詐不要臉的異族，真的想找到你們，你們真的當我找不到？」

得了，這種話都說出來了，南宮妍確實無言以對。

「很多事情，我沒有認真過，準確說，是我沒著急；另外，我也需要透過做戲的方式瞞過某些存在。可惜的是，一切終究還在對方的監控和掌握中。」

莫名嘆了口氣，微微搖搖頭，看著宋煜道：「走吧！」

兩人一前一後，朝著遠離祖地的深空飛去。李道長大袖一卷，頓時將眾人收到裡面，快步跟上去。

很快，雙方遠離祖地，也遠離三十三層天世界。

莫名確實對這世界有著旁人遠遠不及的了解，他尋找的那些空間節點，宋煜和李道長這些人全都不清楚。

雙方就這樣一路飛行，沒用多少時間，就進入到一片全新的陌生星域。

看著無盡遙遠深空那些龐大的、從未見過的星系，南宮妍和宋煜的妻子們全都一臉震撼。

李道長倒是有些驚訝，失聲道：「這不是前往歸墟的必經之地嗎？」

南宮妍和李清瑤等人臉色當即就是一變。

莫名想了想，道：「哦，確實，你這麼一說，我倒是想起來了，不過我們不去那地方，那裡比三十三層天世界還要神祕和危險。」

聽他這麼一說，南宮妍等人暗中鬆了口氣，不是去那就好！

下一刻，莫名看著李道長：「你護好這些人。」

他身形一動，出現在幽暗深空。

李道長以精神密語傳音給宋煜：「發現不對就動用行字祕法逃走，別和他硬碰硬！」

宋煜回應一句，然後快速跟上，雙方在這片連星辰都沒有的幽暗空間相對而立。

莫名沒有再廢話，更沒有展現什麼前輩風度，率先向宋煜發起攻擊。

他凝聚出一道血色光束，貫穿百萬里虛空，以不可思議的速度斬向宋煜，比伽馬射線的速度還要快很多倍，已經超越了人的認知！

觀戰的這些人當中，也只有李道長才能跟上。

剩下南宮妍、李清瑤這群人，甚至還沒有看見那道光的時候，雙方就已經對轟好多次了！

說是道爭，說是讓宋煜見識一下，但莫名此刻展現出的可怕戰力，一個不小心，絕對有隕落的可能。

並非心黑，而是在他的認知中，自己看好的人，如果連這個都躲不過，還談什麼未來？大不了他再躲一個紀元算了！

宋煜也的確沒讓他失望，將行字祕藏中的至高法催動到極致，影響這裡的時間與空間，莫名剎那間數千萬甚至上億次的攻擊，將這裡的虛空都給打爛，卻也沒能碰到宋煜一片衣角。

宋煜祭出造化烘爐，和鳴共振。

心神劍暴射而出，燃燒著無法看見的湮滅道火，爆發出無與倫比的超強威能。

一劍斬開了整個虛空億萬里！

這一劍太恐怖，令莫名都震驚了！

他認為自己上次是敗於三十三層天世界之靈手中，眼前這小傢伙固然也厲害，但絕不可能是他對手。

哪怕他也清楚當時的宋煜還有不少底牌，但那又如何？終究還是太年輕了！

在這個紀元都只活了不到五百年的一個年輕人。未來屬於他，現在卻還不行。

可當宋煜這一劍斬出的時候，那種無比強烈的心悸感，讓他頭皮都有些發麻。

尤其宋煜這一劍蘊藏的法則太強了，時間與空間，從來都是最強手段，無論攻防。

「轟隆隆！」

宋煜這一劍感覺能將一個巨大星系都給毀掉。

已經距離無比遙遠的李道長在威能爆發之前就臉色大變，再次捲起南宮妍等人朝著更遠的地方退去。

億萬里虛空當場塌陷，影響到的範圍足有百億里！

空無一物的幽暗虛空像是沸騰了，各種原始法則、混沌之氣全都炸開！

前後左右，上下四方更是出現了巨大無匹的大道法則「網格」，縱橫交錯，一閃而逝。

被捲走的南宮妍等人無法看見這神祕恐怖又宏大壯觀一幕，但李道長卻是看得清清楚楚，這是對天道法則感悟到極高境界的一種體現。

「我的天啊……」他一臉震撼的輕聲自語道：「他才多大呀！」

真正的修行中人，都是朝聞道，夕死可矣。

可實際上，又有哪個蓋世天驕，不是經過漫長歲月的苦修，才能最終「聞道」？

宋煜這種，李道長幾乎不知道該用什麼詞彙去形容。

天才？妖孽？變態？簡直恐怖到無以復加！

他都有這種震撼，首當其衝面對宋煜這一劍的莫名，感覺要更加強烈千百倍！

他那散發著萬古孤寂的身軀瞬間被擊飛，身上爆發出的符文光幕接連不斷發生劇烈爆炸，接著難以想像的劍意在他身體上炸開了，刹那間鮮血淋漓，骨斷筋折。

劍意順著體表衝進他的身體內部，開始瘋狂破壞。

「呼！」

良久，他終於暫時壓制住體內肆虐的可怕劍意，看向宋煜的眼神宛若看著一頭怪物。

「這是道宮的傳承？」

宋煜點點頭：「傳承於斯，但不全是。」

莫名喃喃道：「如果你踏入靈級，剛剛這一劍，無論內外，都可以傷到三十三層天世界了……」

隨後他神色認真地看著宋煜：「但也只是傷到，就像有人在你手臂上劃開一道傷口，可能很痛，卻不致命。」

此時宇宙中具現出來的天道法則網格已經消失，但被宋煜一劍斬碎的這片虛空卻變成了一處生命的禁區，怕是幾百上千萬年都未必能恢復正常。

將來若有人來到此處，就能清晰的看見這種宇宙級的奇觀——百億里的幽暗深空，一道深深的「傷口」，彷彿是可怕的宇宙深淵。

不會有人想到，這是被人一劍斬出來的……傷！

宋煜點點頭：「我明白，想要改變，需要突破靈級桎梏，打破這個世界造物主定下的規矩，超越天道，方才有機會。」

莫名想要說什麼，卻張嘴噴出一口蘊藏恐怖劍意的鮮血，他沒有在乎，只是看著宋煜認真說道：「既然你什麼都懂，自然應該明白，你的，結合我的，可以在這一世創造出真正的奇蹟！」

宋煜搖搖頭：「我已經用事實證明，我自己就可以。」

莫名嘆息：「你的眾生民意大道太虛了，你甚至會受制於此！」

宋煜看著他微微一笑：「你錯了，我的道源於此，卻從不會受困於此，就像我的傳承脫胎於道宮，現在也已經完全走出一條屬於自己的路。」

莫名：「既然得益於眾生民意，又怎麼可能不受其限制？」

宋煜道：「你血祭天下，受影響了嗎？」

莫名：「……」

這時李道長的聲音跨越遙遠虛空傳遞過來，帶著幾分緊張：「莫名你什麼意思？想要與我道門搶傳人？」

他沒有聽到宋煜和莫名先前對話，因此並不了解其中原委。

莫名一臉自嘲：「搶？我想把自己擁有的一切都給他，可他不要！」

李道長有點愣住，南宮妍和李清瑤這群人也同樣一臉不解。

莫名說完這句，沉默良久，突然看著宋煜說道：「其實還有一種辦法……」

他依然用公開的神念波動，被李道長帶著往這邊飛的南宮妍等人也都能聽到他的發言。

李道長眉梢一挑，眾女臉色當即就是微微一變。

果然就聽莫名說道：「歸墟！去到那裡，只要能夠活下來，必然可以獲得巨大提升，不敢說超越靈級，但快速成為靈級，卻輕而易舉！」

「知道我為什麼沒有急著踏入靈級境界嗎？因為境界很好突破，就像一場遊戲，想要滿級很容易，有很多種路徑都可以實現。但是想要突破靈級的桎梏踏入更高，就太難了！」

他罕見露出幾分興奮之色，看著宋煜道：「走，我知道那裡的路，去到之後，你不要急著進去，那地方很危險，我曾多次去過，都沒敢深入，這一次……我先進去給你探路！」

南宮妍和宋煜的幾個妻子全都滿頭黑線。

兜兜轉轉一大圈，最終還是繞回來了……躲不開是吧？

不過這個觀點，倒是跟李道長和老天師這些人不謀而合。

即便老天師是持反對意見的，也從未否認過歸墟那裡的神奇。

莫名並不清楚宋煜已經打過歸墟主意，還很認真地給他解釋道：「我甚至懷疑過通過歸墟，可以脫離這個世界！」

「不行！」已經踏入韻級的南宮妍爆發出畢生最強速度衝到這裡，怒氣沖沖地看向莫名：「打不過我兒子，就想坑他去死？」

莫名一臉莫名，那張醜陋違和的臉上甚至露出幾分委屈的表情。

他都已經說了，他先進！

與宋煜之間的道爭，他已經認輸，作為一個活過無盡歲月的老傢伙，他對這世間萬事萬物都已經看得特別淡，就連死亡這個眾生皆不願意面對的問題，他都能坦然相對。

內心深處也只剩下一道執念，那就是「自由」！真正的自由！

為此，他甚至願意隨時去死……準確說是以真靈狀態進入沉睡。

李道長當然是支持宋煜進入歸墟尋找機緣的，不過此時此刻，他也不好多說什麼。

「媽。」李清瑤輕輕拉了一下南宮妍的手：「讓他去吧。」

南宮妍有些不敢置信地轉頭看向她。

這時師雪仙、趙環、蕭晴這些人也紛紛開口：「媽，讓他去吧。」

南宮妍瞠目結舌：「妳們……」

李清瑤拉著她的手，精緻絕倫的臉上露出一抹絕美的笑容：「我們一起，就在外面守著，他要是出不來，我們就一起進去！」

師雪仙：「對，這是他的宿命，也是我們的。」

宿命嗎？南宮妍沉默下來。

如果莫名不是敵人，她真的會懷疑這是不是事先串通好的。

宋煜不願瞞著這群最親近的人，用精神密語方式將莫名先前與他的對話，給眾人傳遞過去。

所有人都一臉震撼。

李道長看著莫名：「你竟然……如此古老？」

莫名笑笑：「不用把我當成那種可怕的老怪物，我的功法很特殊，只是能夠躲過改變紀元的無量劫，每一世都可以算作一次全新的旅程。」

最後，所有人目光都落到宋煜身上。

這件事情，終究還是要他自己拿主意。

不知多少個紀元，不知多少頂尖的各族強者紛紛踏上那條路；莫名的冷酷無情，殘酷血祭萬物生靈；宋煜從至尊劫發現那條神祕的路開始，所有一切的一切，最終其實都指向了一個相同的目標——找出真相，獲得自由！

「無量劫的到來是沒有預兆的。」宋煜看著眾人：「可能是很久遠的未來，也可能是現在，前一刻我們都還好好的，下一秒便灰飛煙滅，徹底消失在這世上，連點痕跡都沒辦法留下來。」

南宮妍嘆了口氣：「那就去吧！」

……

數月後，在李道長和莫名的帶領下，眾人不知跨越多少宇宙空間，終於來到一處充滿暴虐能量的混沌之地。

如果說宋煜在第一層天溝動造化烘爐，與天道共振，形成的那個巨大漩渦給人一種無比壯觀、自身渺小感覺。

那麼眼前這片區域，就是真正的「終極之地」，太大了！

當他們一路向「下」，來到此地邊緣那一刻，如同一個深淵的宇宙深空處，那巨大的「深潭」壯觀到無與倫比！

在場眾人很容易就可以估算出它的直徑——至少上億光年！

哪怕可以通過空間跳躍，輕鬆超越光速無數倍的這群當世大修，在面對這種地方的時候，也會生出一股強烈的恐懼和無力。

怪不得就連莫名這種活過很多紀元的老傢伙，寧可面對三十三層天世界之靈，也不願來這種地方進行探索。

如今他們至少隔著還有幾百光年距離，都有種身軀要炸裂，精神要錯亂的感覺。

如果真的深入到那裡面，又會是種怎樣的體驗？

「那裡面……有生靈？」宋煜問道。

「有！」

李道長跟莫名兩人異口同聲，給出很肯定的答覆。

李道長道：「師父來過這裡多次，我也曾跟他來過兩次，我只能到達邊緣地帶，師父進去過，但也不深入，總體來說還是邊緣區域，那裡確實生活著一些不可名狀的生靈，混亂而又強大，根本無法溝通。」

莫名道：「如果說我們這個世界是被設計出來的，那麼這個地方，很可能就是造物主給自己留下的後門，當然，也有可能是個回收站。紀元會更迭，此地卻不會，也不是所有修行者都會踏上祕藏之路，其中很大一部分很可能是來到了這裡，然後……變成這個樣子。」

關於世界是被設計出來的這件事情，在普通生靈的世界裡也不算什麼祕密，但凡科技發展到一定程度都會生出這種猜測，只不過沒人能夠找到真相罷了。

宋煜看了眼老娘和李清瑤等人，說道：「我下去看看。」

眾人欲言又止，可既然已經來到這裡，再多說什麼也沒有意義了。

李清瑤一臉認真地看著宋煜：「我們會在這裡修行，我不清楚這的時間規則和裡面是否不同，但我們最多只等一百年！如果無量劫也沒來，一百年後，我們肯定會下去找你！」

師雪仙道：「你在祕藏之地設下一個不會受到任何影響的時鐘。」

宋煜點點頭，最後看了眼眾人，道：「或許要不了那麼久。」

有件事情他沒說，來到此地那一刻，腦海中就已經傳來造化烘爐的靈，那個清脆動聽的少女聲音：「咦，這地方怎麼有種很熟悉的感覺？我明明沒來過的！」

「哦，我知道了，成就我得很多種造化，就是來源於此地！」

聽她這麼說，宋煜心裡也終於有數了。

李道長這位老師兄或許並不清楚，道祖當年進入此地，怕不是淺嘗輒止，而是真正深入進去探索過，並從裡面帶出各種造化之物，最終鑄就了造化烘爐。

這件可以屏蔽三十三層天之靈的神物，很有可能是道祖早期打算用來規避無量劫的！

至於後面為何又將其留在這裡，隻身離開，這就不得而知了。

莫名從身上取出一個玉函，看起來竟然跟宋煜那個差不多，遞給宋煜道：「這個給你。」

「這是？」

「如果我死在裡面，真靈會回歸到這玉函。」

宋煜點點頭：「明白了，不過，你就那麼確定我能活下來？」

莫名看了他一眼：「造化烘爐生於此，它應該可以庇護你。」

這話讓眾人眼睛微微一亮。

「嘖！」宋煜無力吐槽，這個老怪物知道的事情還真不少。

「跟上我！」莫名說著，一馬當先，順著各個時空節點，不斷消失、出現，剎那間就出現在無盡遙遠的深空深處。

宋煜很快跟上，順著那些時空節點進行空間跳躍；李道長跟南宮妍等人則沉默的等候在這裡。

半晌，李道長看著情緒明顯低落的眾人道：「我這裡有些修行資源……」

南宮妍看了他一眼，嘆了口氣，眼神中露出一抹淡淡的憂傷。

父親當年不聲不響和公公一起消失那會她還年輕，正處在跟宋廣祁的熱戀期，而且很快就遭到莫名魔下部眾的追殺，也來不及悲傷。

後面意識到他們可能永遠不會回來了，也確實難過了好多年，但終究沒有眼睜睜看著兒子身涉險地那種刻骨銘心的感覺。

這一次，她是真的感受到了那種揪心的滋味。

至於身邊這群兒媳……她甚至都不用看，也能感受到她們此刻內心深處的那種煎熬和難過。

不僅僅因為擔心宋煜，還有那種跟不上愛人步伐的失落。

如果宋煜真的在下面發生意外，她堅信這群女人絕對會毫不猶豫的衝下去。

就像她一樣，若是丈夫當面出事，她也會毫不猶豫隨之而去。

「妳們能靜下心嗎？」她看著李清瑤等人問了一句。

瑤寶嫣然一笑：「能的，等他出來，我要入韻！」

……

宋煜跟莫名的行進速度太快了！

這種宇宙級的距離單位在一老一少兩個當世頂尖修行者面前彷彿根本不是問題，只用了很短時間，就已經無限接近那座「深潭」，壓力也隨之而來！

那股暴躁的氣息，感覺可以輕而易舉撕碎巨大的星系！

難怪古往今來的頂尖存在都不敢輕易深入，僅僅只是外圍的力量就已經達到靈級，這地方明擺了不歡迎任何客人。

莫名傳音過來：「你遠遠跟著我，不要太近，我來給你打前站！」

說著他速度再次加快，以肉身橫渡這種方式，一頭紮下去。

「呼！」宋煜長出了一口氣，眼看著莫名身影消失在混沌能量中。

下一刻，一股驚天動地的爆炸驟然爆發，接著就是覆蓋億萬里的恐怖血色瞬間瀰漫。

隔著無盡遙遠的距離，宋煜依然能夠清楚「聽見」無邊血色中傳來的萬靈嘶吼以及莫名的咆哮。

他知道，那是莫名血祭大法的精髓！

儘管莫名覆蓋的區域對整座「深潭」來說不過滄海一粟，但就連身在最上方的李道長那群人也都可以用神念直接觀察到。

「嗡！」

整個空間都隨之震顫了一下，莫名的身影轟然而出，瘋了一樣順著下方往上飛，同時傳音給宋煜：「跑！」

宋煜的思感也精準捕捉到一股無與倫比的恐怖氣息，覆蓋範圍超過一光年，正瘋狂追在莫名的身後。

那股氣息彷彿是天底下最淩厲的劍意，宋煜感覺莫名隨時都有被背刺的危險。

他催動行字祕中的至高法，身形一閃，速度快到不可思議，朝著上方猛衝。

「嘿，真他媽的快！」渾身染血的莫名看著一溜煙就跑沒影了的宋煜，歷來沒什麼情緒的一雙眸子裡隱隱浮現出一抹笑意。

宋煜一口氣飛出老遠，發現身後那股可怕氣息越來越遠，這才停下腳步，回頭觀察。

沒有看到任何生物，倒是看見無比悽慘的莫名。

莫名身上的血色符文光幕早已消失，甲冑破碎，戰衣化成了灰燼，渾身浴血，很多地方露出森森白骨。

療傷。

「媽的！」

飛到宋煜附近，莫名顧不上半個屁股都露出來，罵了一句之後，開始為自己療傷。

宋煜見狀，施展者字祕藏中的無上法在一旁幫忙。

如今九祕傳承中，只有一少部分他還沒有領悟到其中至高境界，這當中就包含了者字祕藏。

不過無上法也足夠應付眼前的場景了，至少要比莫名自己療傷快無數倍。

「道祖真有點東西。」莫名疼得哧牙咧嘴，本就醜陋違和的臉看起來更加扭曲，輕語道：「這世上是真有頂尖天才的，道祖是，你也是！」

宋煜一邊施展者字祕藏無上法為他驅除體內恐怖無比的殺意，一邊笑著說道：「你不是嗎？」

莫名搖頭：「我不是，我只是僥倖創造出一篇可以讓自己活著的經文而已。」

宋煜讚嘆道：「這已經很厲害了好嗎？這種經文堪稱不死經，世間生靈誰不想要？」

莫名再次齜牙咧嘴地搖頭：「你可知我為什麼不把這經文傳給你？」

宋煜：「不知。」

「並非你我曾經敵對立場。」莫名斯哈著倒吸涼氣，道：「按說這經文也很厲害了，堪稱真正的不死經，還可以保留宿世記憶……但它有個最大的缺陷，那就是一旦修行，就沒辦法正常突破靈級桎梏了。」

「所以……」

「所以血祭大法是我足足用了三個紀元，才最終完成的宏偉巨作！可惜你不肯接受。」

宋煜道：「這東西與我根本理念相悖，我就算死也不可能去修行。」

莫名苦笑道：「我也不勸你，或許你說得對，你的道沒有經過證偽……萬古以來，我還沒見過哪個修行眾生民意大道的人能走到你這一步，所以也許你能成功呢……是吧？」

宋煜看著他：「剛剛追你的什麼東西？」

莫名嘴角微微抽了抽，忍不住低聲咒罵：「媽的，我也不知道！」

宋煜：「……」

莫名：「我剛下去就受到它的攻擊，沒有感覺到任何思感、神念和精神波動，鋒利無比，覆蓋範圍極廣，感覺有點像是……最為純粹的劍意！」

說著莫名又忍不住罵道：「他媽的，這片區域過去沒來過，這次衝動了。」

宋煜微微挑了挑眉梢。

莫名再次嘆息一聲：「我知道你在想什麼，但是真的太難了！」

宋煜沉默不語。他剛剛其實也有相同的感覺，此刻聽莫名這麼說，內心深處就有種想要去看看的衝動，冥冥中彷彿有一股神祕力量指引他來到這裡！

就算沒有莫名，他有很大的機率早晚也會來。

「你在這裡恢復吧，其實也無需你為我探路，我自己下去看看！」做出決定之後，宋煜對著莫名說道。

莫名愣了一下，眼裡有欣賞，也閃過一抹失落。他看著宋煜背影迅速消失，忍不住自己嘀咕了一句：「終究是老了……也不是，終究還是靈性不足啊！」

宋煜沒有太衝動，而是祭出造化烘爐，自己跳進去。

「駕！」

少女爐靈傳來一抹困惑的情緒。

宋煜只好改口：「寶貝兒，出發！」

造化烘爐剎那化作一道流光，宛若一顆璀璨的流星，朝著莫名剛剛進入的地方一頭扎進去。

「轟！」

漫天殺機，再次出現。

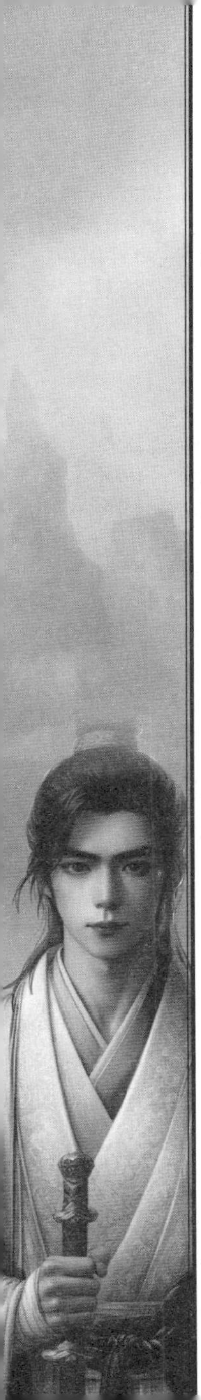

第五章

極致才有未來

身臨其境後，宋煜才意識到莫名說的沒錯，此地洶湧瀰漫的殺機，確實是無比純粹的劍意。

是不是最純粹還不好說，但確實要比他修行的兵字祕藏至高法凝聚出的劍意還要純粹許多。

真正的劍意，其實只有「鋒利」一種意韻！

宋煜的劍意卻摻雜了太多其他東西，比如規則生出的各種元素。

他明白真正的「劍客」其實是純粹的，但在修行過程中，往往會為了追求威力最大化，不斷往裡面添加東西，慢慢的也就失去了最初的味道。

這裡的純粹劍意確實感受不到任何靈性，它既不狂躁也不暴虐，唯有純粹的鋒利意韻，對一切活動物體展開無比兇猛的斬殺。

造化烘爐不斷轟鳴，爐靈少女很生氣！

她對這地方很親近，來到此處，有種回到家的感覺。

可剛來到家門口，就被家裡一群凶神惡煞的傢伙拎著刀槍棍棒一頓狂砍暴揍，換做是誰都得崩潰，關鍵她還不擅長打架，只能被動防守。

「宋煜，你去給我揍它！」少女氣得飆出小奶音，像個奶凶奶凶的少女，怒氣沖沖，雙手扠腰。

宋煜：「……」揍個屁！

他是一點都不懷疑，自己一旦從造化烘爐出去，第一時間就得骨斷筋折，渾身傷口。

沒有搭理這個小丫頭的呼喚，盤膝坐在裡面，催動真經，默默將一縷劍意引導進來。

「噗！」

他的肩頭綻放出一道血光，那裡被擦傷。

「嘶！」宋煜倒吸了一口涼氣，疼得直皺眉頭，意識到莫名確實挺能抗的，剛剛可是「全心全意」投入到這片區域，為他探路。

「是一條漢子！」宋煜思忖著，繼續引入劍意，默默感悟。

時間一晃過去三天，少女爐靈也不再說話，這劍氣對造化烘爐的傷害並不大。

它看似有形，實則是造化與神火的一種具現。

宋煜引導進來的劍意不斷增多，從一開始隨便一縷就能將他超級強悍的身軀斬出傷口，到如今比之前大了十倍，也只能留下一道淺淺痕跡。

此時的他，已經開始將這股劍意引入到體內！

先是五臟六腑，一點點去承受，到最後直接引入祕藏之地！

這多少有些冒險，因為進來的第一縷劍氣就直奔他的道基而去。

說是沒有靈性，但這東西就像一塊自己尋找磁石的鐵……本能的專門往最薄弱區域去攻擊。

道基之上的元神可比宋煜「猛」多了，眼看著那縷劍意具現出的劍氣急速斬來，身上爆發出雄渾氣息，從道基跳下來，一把朝著劍氣抓去。

元神體抓如此鋒利的劍氣，這種在任何人看來都是瘋了的舉動，卻被宋煜視作理所應當。

經過這幾天的感悟和熟悉，他有膽量，也有信心冒這個險。

「砰！」

這縷劍氣像條力大無比的蛇，在宋煜元神體的手中劇烈掙扎，同時那股凌厲氣息也將宋煜元神之手斬出深深的傷口，魂血流淌出來。

來自元神的刺痛感，讓宋煜差點就鬆開手。

但他卻咬牙堅持，內外一起催動真經，運行十字經文，凶猛無比的道火轟然沿著這道劍氣燃燒起來。

他要煉化這股細微的劍意！

這種舉動在很多人看來可能都沒有任何意義。

面對可覆蓋光年範圍的恐怖劍意，只煉化比頭髮絲還細無數倍的一股劍意有什麼用？

但對宋煜來說，顯然不是這樣的，哪怕只能煉化一丁點，就有希望煉化全部！

若是能將此地的劍意全部給收了，他可以憑藉眼下境界，一劍斬了莫名這種靈級的九韻大佬！

用無邊大海去淹一個人，和將整個大海的力量匯聚成一把劍去斬一個人……結果完全不同！

人要是沒有這股瘋狂的狠勁，就別扯什麼想要成為最強。

轉眼半月過去，莫名傷勢已經恢復大半，他皺眉看著依然不平靜，但也沒有那麼躁動的下方深潭那片區域，眼中露出幾分疑惑之色。

「這小子搞什麼？不會已經死在那裡了吧？」

他多少有點擔心，決定再過去看一眼。

到他這種境界，以他這麼多個紀元的經歷，恩怨這種東西，其實早就不放在心上了。

唯一能讓他在乎的，就只有突破這個世界的桎梏，不做那條魚塘裡面的魚！如果可以給自己插上一對翅膀飛出去，那他會不惜一切代價，不擇手段去這麼做！

可如果不行，若有別人能夠做到，他也可以毫無保留的將希望寄託在對方身上。

我不能飛，你帶著我飛也可以！為達目的，我可以盡心盡力去幫你！

當莫名接近這片區域的時候，那股純粹劍意再次變得躁動起來，像是被磁石吸引的鐵，一股腦朝他這裡湧來。

只一剎那，他剛剛恢復的身體就又變得千瘡百孔。

「操！」莫名怒極，但也在這一瞬間，他看見了那座具現出來的造化烘爐就在中心區域。

他來不及去想太多，再度抽身而走，心卻安穩了幾分。

那小子還活著！

……

一個月後，莫名驚訝發現下方那片區域再次變得躁動起來，但這一次卻是有規律的！

對整個歸墟「深潭」來說微不足道，像是形成了一股小小的漩渦，但對世間生靈來說，這可是光年級的漩渦，恐怖到無以復加！

他嘗試著放出思感，卻被那裡的劍意無情絞殺。

忽然間，一股凌厲到無與倫比的劍氣，轟然自漩渦中心區域衝天而起！

洞穿上方虛空，直指無盡九幽！

處在最上方的李道長一群人也清楚感應到這股只有凌厲意韻的劍氣，紛紛從修行狀態清醒過來。

駭然看著這道劍氣就從他們前方不遠處經過，不斷深入到無盡虛空中。

隨著劍氣的消失，一個「洞」就這樣筆直的留在虛空，貫穿歸墟和九幽。

這是什麼？

所有人都駭然看著這一幕，被震撼到大腦一片空白。

「是我兒子搞出的動靜？」南宮妍有些不敢置信地喃喃輕語。

沒有經歷過無數戰鬥磨礪，境界再高，也只是境界高而已。無論眼界還是見識，她這當媽的，都差了兒子太多。

「肯定是他！」李清瑤美目中流露出異彩，輕聲說了一句，隨後便閉上雙眼，開始修行。

此時她的位置，已經比一個月前向下移動億萬里！

她發現在這裡修行遠比其他地方好。內部可靜修，外部抵抗壓力相當於在戰場上歷練，算是一種另類的「動靜兼修」。

其他人也只是抬眸看了一眼，都認為這是宋煜搞出來的動靜，也跟李清瑤一樣繼續開始苦修起來。

……

下方，身處歸墟「表層」劍意漩渦中的宋煜面上無悲無喜。

對只用了一個月時間就將這裡劍意全部煉化，他並沒有太大喜悅。

準確說是在這過程中，他的心境也受到這種純粹劍意的影響，變得純粹而又通透。

無悲無喜，唯有前行。

能這麼快將劍意全部煉化，他的道火功不可沒！

但煉化只是第一步，吸收才是最關鍵的！

這一次，宋煜催動的是兵字祕藏中的至高法，一邊吸收，一邊自行創法，尋求突破！

不斷將劍意引導進來，往心神劍裡面灌注而去。

心神劍的變化印證了他的一些猜想，跟道火一樣，從有形到無形，再從無形被具現出有形，整個過程反反覆覆，持續了半年有餘。

在這期間，宋煜只專心做這一件事情，沒有去提升自身境界。

早在很久以前他就已經發現，從至尊到聖級，再到帝、韻、靈……每一道關隘固然可以讓修行者發生脫胎換骨的變化，但在單純的戰力上來說並沒有那般顯著的區別！

各個境界之間的神通術法，從規則層面上來說，提升並沒有那麼明顯。

如果一個靈級修行者任由他發起攻擊，就算在至尊那個領域，宋煜自信同樣可以給對方造成重創，甚至是擊殺。

就像現在，靈級桎梏對宋煜來說早就不存在了，只要有足夠多的資源，他絕對可以在很短時間內踏入到那個領域中去。

所以，他不急。

古往今來，無數先賢大德都倒在無量劫這上，是他們境界不夠高？還是道行不夠深？抑或是……神通術法不夠強？

其實都不是！

那可是一群能夠自行創造無上法和至高法的人！

比如道祖，創造出的道宮九祕，迄今為止都難有人超越。

想要求變，只能在一個領域做到極致，這樣才會有機會打破藩籬！

其實到現在，宋煜反倒有些理解了世人眼中冷酷無情心狠手辣，殘暴到極致的莫名。

很顯然，這位曾經身為人族，活過很多紀元的大佬，同樣也是這樣想的！

只能說雙方的道不同。

還有就是，莫名作為「先驅」，可不僅僅只在這次為他探路，三十三層天逼出大手那次也算！

畢竟宋煜之前只是懷疑，還不敢百分百確定。

直到那隻大手出現，一把捏爆莫名強大無匹的本體，所有人才最終確定——萬界萬族，所有生靈，無數個紀元始終活在某個存在的注視中。

它未必觀察所有、傾聽所有，但在關鍵時刻，絕對會毫不猶豫的出手，抹除任何異常存在。

宋煜也是從那一刻起，堅定了自己斬了三十三層天的決心。

此刻，他是在跟時間賽跑，分秒不能錯過。

……

距離宋煜進入歸墟「深潭」，轉眼過去三年。

收純粹劍意，祭煉心神劍的過程比宋煜想像中還要漫長些，結果卻令他無比驚喜。

莫名在宋煜開始收純粹劍意後就自來過一次，意識到這個年輕人在做什麼，就再沒來過，開始朝著其他區域進行探索。

老傢伙折騰得很開心，當然下場也很慘，感覺就像個瘋狂找死的小屁孩，不屑於勾手指說「你過來呀」，而是超級不知死活的主動尋釁滋事……

每次都被弄得一身傷，狼狽萬分的逃回來，好了再去。

三年來他足足探索了得有一百多個區域，覆蓋範圍數千光年！

不得不說，這位也真是個狠人，在發現宋煜可能有機會改變未來後，變得無比激進！

以至於當宋煜徹底收了純粹劍意出現在他面前時，都忍不住問道：「犯得著這樣嗎？」

莫名這會正在療傷，躺在虛空哼哼唧唧道：「問個屁，趕緊幫忙救治，幫幫可憐的孤寡老人吧！」

宋煜：「……」

這三年他雖然沒有在其他領域進行修行，但是劍道方面的突破，讓他的心境、眼界跟格局都發生了巨大變化。

他再次施展者字祕藏中的無上法，居然瞬間頓悟，領悟了其中至高意韻！

「咦？哈哈哈！可以可以！」

莫名先是愣了一下，隨後忍不住大笑起來。作為被救助的孤寡老人，他也一下子感受到那種超越從前的溫暖。

隨後他輕語道：「果然如你所說，你成長了，當真可喜可賀！現在的我，怕已經不是你一合之敵。」

這話一點都不誇張！

他也很敏銳，作為親身經歷者，他自然清楚被宋煜收走的那些純粹劍意意味著什麼。

雖然兩人迄今依舊沒有太多交情可言，溝通也談不上很多，但宋煜還是能跟莫名的思維共鳴到一起。

「覺得終於沒那麼寂寞了是吧？」莫名微微一怔，隨後有一絲笑意在嘴角慢慢綻放開來。

那張醜陋違和的臉，這會看起來也沒那麼可憎了。

「是啊！」他輕嘆：「你懂我。」

作為一個活過萬古歲月，經歷過多個紀元「輪迴」的老不死、老怪物、活化石……他看過太多太多驚才絕豔的各族生靈，從崛起到消亡。

「最初那幾個紀元我不是沒嘗試過去改變，但那時候我自己也沒想明白真正的路應該怎麼走，所以最終還是決定不去干預。」

「結果自然不用多說。萬古英雄、紅顏佳人都盡數消失。」

「到後來我已經不去想別人，也不去管別人，一心只想著把自己的路走到極致。」

「血祭萬族生靈，拿走所有果位，打翻三十三層天，順著祕藏之路追溯源頭……可惜最終還是沒能走通。」

「不過能幫一個同族晚輩探路、試錯，也是一件值得開心的事情。」

「活到今天，算是真正活明白了！」

宋煜看著他笑道：「那就把你這三年來收集到的訊息傳遞給我吧，我去看看怎麼個事。」

莫名先是咧嘴一笑，也沒猶豫，這些訊息本就是他為宋煜準備的，不過還是認真提醒一句：「有些區域有莫名生靈，很可怕，威力絕不遜色你收服的純粹劍意，還是要小心為上。」

他頓了一下，又補充道：「有幾個地方有神祕大藥，散發出的氣息我感覺已經超越靈級。」

宋煜眼睛亮起來。

「你先別急著開心，那些大藥都暴躁得很，我根本不敢靠近，說不定比你的劍意還要凶殘。」莫名道。

宋煜點點頭，祭出造化烘爐：「不怕，我有車呢！」

少女爐靈：「……」

莫名滿頭黑線。

莫名進到造化烘爐裡面之後，他感受著所剩不多的造化和神火氣息，嘆道：「我現在就在想，道祖鑄牠，是否當年就已看到未來一角，專門給你留的？」

宋煜反問道：「你也活了這麼多個紀元，對時間和空間的規則掌握應該也不差，你就沒看過未來嗎？」

莫名搖頭：「我說過，每一個紀元對我來說都是一次新的開始。不過之前那些紀元裡，境界提升到靈界後，我也曾認真觀察過，但是太亂了！哪怕隨著我的一個不同念頭，未來都有無數種可能。」

他看著宋煜：「然後當你每次推演未來，發現不管哪一種可能，最終都是毀滅後，你還願意看嗎？」

宋煜無言。

莫名道：「這種感覺很糟糕，當然也許是在時光與空間的領域，我的天賦就那樣，差道祖太多，所以他能看見的東西，我未必能看見。」

兩人說著，來到莫名先前探索過的一片區域。

「這裡的火有靈！」莫名很肯定的道。

沒等宋煜開口，先前在「劍意區」被欺負得挺慘的少女爐靈突然主動駕馭著造化烘爐衝了進去。

莫名還以為是宋煜做的，忍不住提醒道：「別這麼衝動……」

話音未落，就感覺到造化烘爐發出轟鳴巨震，宛若一頭星系級的巨獸在咆哮。

兩人思感透過造化烘爐，「看見」這片火焰當中走出一道人影，按照距離測算，足有上萬里高！

動作看似緩慢，實則飛快。

「火之靈！」莫名眸子裡露出一抹淡淡的緊張。

這東西沒有等級，但也沒有弱點，其殺傷力可以重創他這種靈級的九韻大佬！

「媽的，果位就是個屁！」莫名忍不住嘀咕了一句。

宋煜看著那道走過來的火之靈身影，笑著道：「我想知道，靈級、韻級、帝級這些修行等級，是從什麼時候開始出現的？」

莫名想了想，說道：「我出生的那一世就已經存在了，按照猜想，應該是根據三靈九韻二十四帝和七十二聖而來。」

宋煜：「所以說，整個世界的修行，從根本上來說，都不過是被人精心設置好的，修行界就是養殖場，讓萬物生靈修行，不過是為了更加美味可口。」

「你這形容雖然很貼切，但讓人很絕望。」莫名嘆息。

少女爐靈這會已經在跟前方的火之靈進行溝通。

莫名自然是無法感應到什麼的，宋煜卻忍不住有些啼笑皆非。

把少女爐靈的意思翻譯一下，用黑店版本的解釋就是：「大哥住店嗎？特別乾淨、超便宜，還有年輕小妹！」

荒蕪人煙的公路旁坑人小吃店版本則是：「哥，來我家吃飯吧，量大便宜又管飽，不黑，絕對不是黑店！」

主打一個熱情洋溢的唬弄。

不過宋煜也知道，爐子裡有跟這火之靈同源的火！

證明道祖當年是來過這裡，並且採集過這裡火焰的。

爐靈少女能絲毫不懼的跟對方進行溝通，也正是仗著這個，同宗同源，換做人類的理解方式，兩者有血緣關係。

不過這火之靈雖然有靈性，卻並不高，甚至比早年的福娃都差很多，思維也顯得有些混亂，只有一些本能存在。

以至於「聰明伶俐」的少女費半天勁，也沒能說動對方進來安家落戶，但得益於同源氣息，對方倒也沒發起攻擊。

「宋煜，你上！」少女氣哼哼地說道：「這傢伙太傻，我這種聰明的靈很難和它溝通！」

宋煜：「……」小丫頭片子嘴挺損啊！

宋煜懶得搭理她，透過造化烘爐，運行十字經文，燃起一絲道火嘗試著跟這火之靈去溝通。

他道火中蘊藏的眾生念力太強了！

對火之靈來說，存在著難以想像的巨大吸引力，它開始情不自禁地朝著這邊走來，每走一步，身形都在縮小。

當它來到造化烘爐面前時，已經變成一道跟正常人大小差不多的身影，渾身被各種火焰覆蓋著，只能看出這是個人型生物，但卻已經可以傳遞出相對清晰的思感意念：「走。」

少女爐靈：「……」

莫名先是一頭霧水，隨後反應過來，讚嘆道：「想不到眾生民意為柴燃起的道火竟然還有這等神效？」

宋煜道：「你的道只把眾生當成工具，我的道卻是眾生為一切。」

莫名仔細品味思忖著宋煜這句話，良久才悠悠一嘆：「我懂了，沒有生靈的世界，其實就是沒有意義的。」

這世間但凡有靈的東西，其實都是芸芸眾生的一員，沒有誰能逃過眾生民意大道的「籠罩」和「覆蓋」，所以面前這個可怕的火之靈，先是因為造化烘爐內部有它同源的氣息，沒有發起攻擊，繼而在感受到宋煜釋放出的道火後迅速得到「進化」，從之前的混亂無序開始生出了邏輯。

原始的攻擊欲望被抹除，只剩下無盡的好奇，以及由少變多，越來越多的好感！

不得不說，這才是眾生民意大道的真諦。

在火之靈眼中，宋煜就是這種道……具現出的執行者！

跟宋煜在一起，它可以進化，可以領略到完全不同的風光，真正了解自己存在的意義和價值。

宋煜隨後又做出一個讓莫名都有些頭皮發麻的舉動——放開祕藏之地，任由外面火之靈進入到造化烘爐內走了進去，跟他的道火融為一體！

宋煜微微閉目，輕聲道：「我需要閉關一段時間，這火……不凡！」

莫名搖搖頭，沒忍住偷偷翻了個白眼。

歸墟之地的火之靈，怎麼可能是凡俗之物？

虧他先前來這裡的時候，被燒得亂七八糟，可憐兮兮。

媽的，我這十幾個紀元，是不是活狗身上去了？

第六章

他們會來找我的

時間轉眼過去十年。

宋煜按照莫名先前探索得出的訊息，在這裡得到了火之靈、水之靈、金之靈、土之靈和木之靈，集齊了五行元素。

當然這也得益於道祖鑄造的這座造化烘爐！

如果不是有同源氣息，這些混沌蒙昧的靈物絕無可能那般容易就被他收服。

在這過程中，宋煜也越來越意識到歸墟這裡的神祕和強大。

他跟莫名探討：「我怎麼覺得這不是我們這個世間物質的歸宿之地，而是……緣起之地？」

對此，莫名也在沉思良久後，微微頷首。

「你這樣說，我也突然有了這種感覺，彷彿正是這片區域的所有一切，造就了我們這個世界，這裡的……是剩下的材料？」

歸墟之所以凶險無比，其實是因為規則，也就是形成這個世界的天道法則！

在別處，這種法則雖然無處不在，但卻無比「稀薄」，只是主宰、維持著世界的正常運轉。

不像這裡，所有法則全部具現出來，被「濃縮」到極致，又擠在一起。

如果沒有造化烘爐，就算宋煜再怎麼厲害，天賦再好，悟性再高，也會像莫名一樣，反反覆覆瘋狂找死，然後狠狠被教訓。

由此可見，當年的道祖還真是厲害，竟然能在這種地方火中取栗，硬生生鑄造出造化烘爐這種不應該存在於世的神物。

想通這些，莫名都覺得不可思議。

「這麼看的話，道祖應該在後期意識到，就算進入造化烘爐，藏進這歸墟之地，當無量劫來臨時也未必就能躲過？」

宋煜看著他：「你問我？你這種經歷過十幾次無量劫的人，對比一下雙方的強度不難吧？」

莫名搖頭：「還是挺難的，無量劫太強了，這裡的法則也太強，都是可以輕鬆秒殺靈級的能量，天知道誰更強？」

宋煜有些無語，感覺莫名說的也有道理。就像學霸，考一百分是因為卷面只有一百分。

「別想那麼多了，你已經走出了我從未見過的新高度，繼續勇敢的朝前走吧……」莫名說到這，突然想到什麼，看著宋煜問道：「你要不要回去一趟？」

其實宋煜也有此意，但因為時間還早，他挺想去探索下道祖也未曾去到過的歸墟更深處！

既然此地有世間一切法則，那麼只要他在這裡悟道，就有可能將其掌握，但很危險。

眼下這些區域，對造化烘爐沒什麼傷害，那些陌生區域就不好說了。

莫名看出宋煜的心思，說道：「你要明白一件事，以你眼下掌握的法則和戰力來說已經很強了，或許可以跟三十三層天那個存在較量一下，但是無量劫什麼時候來卻很難說，萬一……」

宋煜笑著看他。

莫名沒好氣道：「笑個屁？你是不是覺得，我就應該當一個冷血殘暴的異族才對？」

說著他自己都有些惆悵起來，喃喃道：「當年的我要是有你這些機緣和能力，也會把家人好好護在身邊的。畢竟誰也不是從石頭裡面蹦出來的。」

宋煜一邊駕馭著造化烘爐往回走，一邊笑道：「石頭裡面蹦出來的也是有感情的。」

正在這時，造化烘爐突然毫無徵兆地一陣劇烈震動，猝不及防的兩人都被嚇了一跳。

按說這種情況不太應該發生在這個地方，更不應該發生在宋煜身上。這片區域已經被兩人逛了個遍，之前並未察覺到任何異常。

下一刻，造化烘爐持續震盪，像是受到超強的攻擊。

宋煜放出思感，沒能察覺到任何異常，少女爐靈也是一頭霧水，同樣不清楚這攻擊源於何方。

無形無質，莫名其妙！

「轟！」

宋煜先是放出融合了火之靈的道火，剎那間席捲方圓億萬里範圍，隨後以不可思議的速度開始向外擴張。

終於在覆蓋到百億里範圍時察覺到異常！

那是一個難以形容，無法用生靈去描述的東西，三寸多高的晶體發著綠色光芒！

宋煜甚至不敢確定對他們發起攻擊的東西是不是它，不過很快他就確定了。

當他如今可以燒死靈級的道火燒到這綠色晶體瞬間，綠光暴漲，瘋狂搖動，恐怖規則轟然爆發，造化烘爐再次劇烈震動起來。

都沒用少女爐靈開口，宋煜也感知到造化烘爐似乎有裂開的跡象，這太可怕了！

沒怎麼猶豫，宋煜直接從造化烘爐裡面衝出來，將其收入祕藏之地，催動行字祕藏至高法，朝著遠離那綠色晶體的方向不斷瞬移。

「你不要出去……」少女爐靈和莫名幾乎異口同聲，當然莫名並不清楚造化烘爐還有如此強大的器靈。

只是等到他們的精神密語傳到宋煜腦中那一刻，他人已經遠離了這片區域，爐子沒他快！

這是顯而易見的一件事，不過宋煜也為此付出了慘重代價。

當他終於脫離綠色晶體攻擊範圍，進到安全區域時，渾身上下已經沒有好地方，所有的骨頭全部斷裂，就連血肉都被削掉大半！

不僅如此，祕藏之地的元神也遭到重創，悽慘萎靡，一身能量幾乎被耗盡。

這種程度的傷勢對一個修行者來說已經算是致命的，這時候來個靈級的修行者對他發起攻擊，都基本無力反抗。

「你有病吧？」少女爐靈大怒，從宋煜祕藏之地衝出來，各種造化之力瘋狂往宋煜身上「澆灌」。她大罵道：「我能抗住的，最多出現幾道裂縫，碎了也都不怕，回頭修修補補就好了，要你多事？」

宋煜血肉模糊地躺在那裡，有氣無力地笑道：「別喊了，快點救命。」

造化烘爐的爐靈確實比福娃這種高級太多，感覺已經擁有了完整的人性，七情六欲全部具備。還是師父厲害……

莫名臉色有些複雜地從造化烘爐中出來。

就在剛剛，他想出來救治宋煜，卻被擋住，一個凶巴巴的少女聲音響在他的腦海中：「不許你出去，萬一你使壞怎麼辦？」

說真的，這個無比人性化的器靈給莫名帶來的震撼，並不比剛剛那個恐怖的綠色晶體差多少。

畢竟後者是歸墟中的存在，哪怕事前沒有徵兆，心裡也同樣是有預期的。

面對這個器靈，他只能苦笑著用大道和一切發誓，是要救治，絕不會偷襲。

大概也是看他這些年挺老實的，少女爐靈選擇相信他，不過放他出來後還是用「意念」將其鎖定。

就算攻擊力很弱，只要這個老頭敢有所異動，她就敢拚命！

莫名看著變成個血葫蘆的宋煜，一邊從身上掏出幾株極品靈級大藥，迅速將其煉化成能量往宋煜嘴裡灌，一邊悠悠說道：「你拚命那一瞬間，有沒有想過我可能會把你給血祭了？」

「祭我？」宋煜虛弱地笑笑：「我一個人可抵無數頂級修行者？」

「那是，拿走你身上的造化，融合你的道，說不定真的能一舉突破到更高境界……」

「那你怎麼不動手？還救我？」

「你怎麼知道我不是先把你救活，讓你恢復幾分再吞噬？」

「你敢！」造化烘爐在一旁厲聲喝道。

莫名：「……」

宋煜：「……」

隨後宋煜安撫道：「別怕，他不會動手。」

「哼！」少女冷哼一聲：「就你傻乎乎的願意相信別人，我怎麼看不出他哪裡有不會動手的意思？」

莫名笑呵呵的道：「靈性強大到這種地步的器靈，說實話，我也是生平僅見，這世間的種種玄妙，當真令人迷戀啊！」

宋煜也始終在運行者字祕中的至高法為自己療傷，將斷掉的骨頭接上，壞掉的臟器癒合，很快就恢復如常，不再那般悽慘。但也只是外表看起來沒事了，內裡的傷勢一時半會沒辦法復原。

他一臉虛弱的看著莫名道：「我知道那東西是什麼了。」

莫名也沒有繼續逗少女爐靈，一臉嚴肅地看著宋煜：「那邊的東西？」

宋煜點點頭，道：「對方在這裡放置這種恐怖東西，秒殺靈級啊！」

莫名喃喃輕語道：「所以萬古以來，很多人的觀點是正確的，只可惜，怕是道祖也沒辦法從這地方出去。」

宋煜「嗯」了一聲：「相當於明擺著告訴看穿這一切的修行者，穿過這裡，便可能獲得自由，於是萬古以來，無盡歲月，無數人慘死在這裡，為此地的能量源添磚加瓦。不走這裡也可以，那就進祕藏之路。」

「媽的！」莫名忍不住罵了一句，然後道：「都是死路！」

宋煜道：「等我恢復，就去把所有家人都接過來，然後再來這裡！」

莫名臉色複雜地看著他：「你打算穿越此地？」

宋煜搖頭：「不，我要頓悟此地法則，然後幹翻他們！」

莫名：「……」

他很想問問這個年輕人，這麼快就忘了剛剛有多狼狽了？還有……他們？

宋煜道：「我評估過那東西的防禦能力，沒有你想像中那麼強大，如果有機會摸到它近前，有機會偷襲成功！」

莫名看了他一眼：「隔著無盡遙遠的空間，它就能發現你的存在，年輕人，請你告訴我，你要怎麼才能摸到到跟前？」

宋煜露出個神祕笑容：「他們會來找我的！」

「他們來找你？」莫名看著宋煜，很認真地問道。

「我已經知道這是什麼地方了！」宋煜眼裡閃爍著光芒，似乎有些答非所問地看著莫名：「你聽說過白洞嗎？」

莫名是懂這個世界的，各種文明他都懂，但這兩個字還是讓他反應了一會，看著宋煜：「你指的是……科學領域那個假說？」

宋煜輕輕點頭：「沒錯，理論上應該存在，但卻從未被發現，即便在我們這群頂尖的修行者眼中也沒有被證實的。」

莫名微微皺眉，思忖了一會，看著宋煜道：「你的意思是，滅掉一個宇宙空間的終極黑洞另一面……就是這種地方？」

宋煜道：「對，你想想看，這裡擁有形成一個浩瀚宇宙的所有物質和規則，以這樣一種方式集中到一起……這些年我始終在尋找著這裡的祕密，我想，這個理論應該是成立的。」

莫名喃喃道：「集中一個死去世界所有物質與法則，所以才會如此可怕，但這跟無量劫又有什麼關係？」

宋煜搖頭：「我也不是很清楚，但我知道，那綠色晶體，必然跟無量劫背後的存在有關係，有生靈在操控它！然後那些生靈，在某種保護下可以穿行此地，但並不居住在這裡，而是在另一邊的黑洞裡。」

莫名沉思半晌，隨後有些駭然地抬頭看向宋煜：「你剛剛和我說，這地方其實是一個死去宇宙的墳墓？」

宋煜：「也可以說它是另一個宇宙的遺產。」

莫名：「所以你已經……掌控了這裡的規則？」

能活過十幾個紀元的老怪物，腦子反應還是很快的。

剛剛他有些疑惑，宋煜為什麼要提及這歸墟深潭的來歷，但很快就猜到宋煜既然已經知曉了此地真相，豈不是就意味著……他可以破解這裡的道與法？

宋煜笑道：「您老人家太高看我了，關於這裡的推測都是最近才真正成型的，哪能那麼快就掌握？」

莫名沒有理會宋煜的謙虛，而是雙眼雪亮地道：「所以再給你一段時間，就可以了？」

宋煜想了想：「不好說……」

「那就別說了！」莫名大手一揮，說道：「你分出一縷神識跟我走，我去替你把所有家人都帶過來！」

宋煜看向他。

莫名：「你不信我？」

宋煜搖頭：「不是不信，首先這是個苦差事，因為我的家人親朋有點多……」

主要是雲海神國裡面那群人，宋煜給不了他們永生，但卻想送他們一場造化。

何為神國？不能帶著記憶轉世，不能活得沒有憂慮，算什麼神國？

就算無量劫至，只要他活著，至少會庇護住這群人的真靈！

「這算什麼？我速度雖然沒有你快，但也沒差多少，最多幾個月！」莫名一臉認真地保證道。

就在剛剛，他也已經在腦海中迅速計算推演一番，動用很多個紀元都沒有觸碰過的因果法則，雖然未來依舊模糊不清，但卻不再是一條死路！

即便還是很混沌、混亂，依然讓他無比振奮。

等了這麼多世，終見曙光，對掌握著「不死經」的他來說，就算真的失敗了，也沒什麼大不了。

最多把這一世積累的經驗用在下一世，只要活著，早晚能成功！

「另外還有件事。」宋煜看著莫名：「你如果也留在這裡，說不定有機會和我一起破開靈級桎梏！」

此地蘊藏了一個死亡宇宙的所有物質跟法則，別說他和莫名，就算再多幾十上百個這種層級的修行者也根本用不完。

莫名微微一怔，看著宋煜：「你願意分享給我？」

宋煜道：「大家都是一個宇宙的老鄉，道不同，目標卻是一致，有什麼不能分享的？」

莫名滿頭黑線。

一個宇宙的老鄉……初聽荒謬，可仔細想想，似乎真他娘的有些道理！

他大手一揮：「不必了，可以的話先你一個人來，等到我把所有人都帶來，如果還有機會，那時候再說！」

宋煜道：「也行，還有，地球祖地那邊的高級祕地裡面還有一些人，你也去邀請一下，如果願意的話，那就一起！」

沒有人知道未來會面臨什麼，所以也只能是邀請，隨後宋煜分出一縷神識，算是證明，否則自己那些家人絕不會輕易跟莫名離開。

他跟著莫名一起飛到上方，見到李道長等人將事情說了一遍，所有人都感到震撼。

尤其了解科技文明知識的這些人，更是有種很強烈的感慨。

李清瑤星眸眨動，說道：「所以科學的盡頭是神學？」

宋煜看著一身境界已然踏入聖級的瑤寶，笑著說道：「一切的盡頭是未知，走吧，我帶你們快速提升去！」

掌握大量天道法則的人說話就是這麼硬氣。

師雪仙道：「仙人撫我頂，結髮受長生？」

宋煜哈哈一笑：「對！」

儘管被那綠色晶體欺負得挺慘，但同樣也是得益於它的存在，讓宋煜真正窺探到了這世界的部分真相。

在場這些人，隨便哪個，都算得上是高靈中的高靈。

或許也有境界的桎梏，但對掌握天道法則的人來說真的不算什麼，稍加點撥便能悟透。

實在悟不透，就像師雪仙說的那樣——仙人撫我頂，結髮受長生！

直接用規則改造行不行？

換言之，窺探到歸墟真相的宋煜，其實已經算是這個世界的「準」至高神！他想要進入靈級，甚至無需大藥！

對此，李道長是最開心的人，也就是老道清靜無為慣了，否則肯定會生出沾沾自喜的情緒。

宋嫣南宮妍多少有些感慨，跟兒子比起來，感覺自己和丈夫簡直像廢人。

「我和莫名一起回去吧，如果要離開，也要帶走一群人。」李道長說道。

莫名看了他一眼，沒有多說什麼，其實大家都懂，還是有那麼一點點的不信任。

宋煜看了眼李清瑤和師雪仙：「你們不想說點什麼嗎？」

師雪仙小心問道：「可以嗎？」

李清瑤卻道：「這不是還沒來得及說？」

說什麼？當然是師嫻和李普。

那位掌握著帝級果位的妖帝，常年游離在三十三層天之外，宋煜去到那邊很久都沒有得到過對方消息，一看就是個小心謹慎之輩。

按照時間，師嫻和李普這會也都已經長大了。

如果他們願意，宋煜自然不介意帶上一起；不願意就算了，終究前途未卜。

把這件事情拜託給莫名之後，宋煜便帶著老媽南宮妍，李清瑤、師雪仙、趙環、蕭晴、趙清怡、姜彤和彩衣等人不斷向下。

莫名則跟李道長一起，帶著不太情願的造化烘爐離開這裡。

哪怕傷勢並沒有完全恢復，宋煜依然可以輕鬆護著眾人，一路進入到歸墟裡面，只是暫時遠離了那綠色晶體所在的區域。

在他利用各種法則構築的「安全區」內，所有人都在第一時間投入到閉關修行中。

宋煜眼下的這種行為，在「造物主」眼中大概就是池塘裡面那條異常「不安分」的……長了翅膀的魚！

他直接用法則力量在真靈層面上為眾人「開悟」，讓她們直接變得「聰明」起來。

曾經是困擾的問題，如今再也無法成為桎梏。

隨後他又將各種法則具現成最頂級的能量晶石，指甲大小的一塊，就比莫名煉化低級世界的血祭丹還要厲害。

用同樣了解地球文明的趙環話說就是——你這簡直就是在開掛！

「但凡有能力，哪個領域，哪個階層不是在開掛？」宋煜笑著回應了一句。

接著他自己也開始修行起來。

……

綠色晶體所在的區域，影影綽綽地出現數道影子。

像是從更高維度世界投影過來的，用了好一會最終才具現成人形。

一共六個人，三男三女，看起來都很年輕，且長相普通。

他們似乎並不是很適應這種以軀體存在的方式，無論臉上表情，還是肢體動作，看起來都有些僵硬違和，感覺有些生澀，不過很快就變得協調自然。

幾人先是來到那枚綠色晶體跟前，圍成一圈，表情十分專注地念念有詞，下一刻，綠色晶體上方投影出一幅畫面！

宋煜若在這裡，便可以看到，正是先前綠色晶體爆發，他帶著造化烘爐狼狽逃竄的場景。

「有賊。」

「可惡的小偷，盜取了這裡的資源，然後逃走了！」

「小綠竟然沒能殺死他？」

「這個人類有點強！」

六人用極高層次的精神密語相互進行著交流，不過他們的眼神卻是看不出半點情緒波動。

「這人很危險！」一名有著黃金比例身材的女子說道。

「已經很久沒有出現這種級別的人了，我們要盡快找到他，把他帶回去。」一名穿著黑色甲冑的男子說道。

此地恐怖的法則力量對這六人彷彿沒有任何影響，所有人都行動自如。

下一刻，其中一人放出思感。

很快，他便說道：「我找到他了，好大的膽子，不僅自己盜取此地的能量，竟然還把家人都帶過來。」

另外五人相互對視一眼，隨後齊齊動身。

一人持著那枚綠色晶體，身形輕輕一晃，便出現在無盡遙遠的前方。

……

另一邊，傷勢已經恢復過來，正在汲取此地能量的宋煜雙眼猛地睜開。

事實果然印證了他的猜測，那個綠色晶體真的擁有通訊、導航和定位功能！

對方……真的來了！

「那就讓我……好好會會你們這群，高端生靈吧！」宋煜看似依然坐在那裡，所有人都沒有任何察覺，但實際上，他的真身已然消失。

第七章

無量劫至

六人朝著宋煜構築的安全區方向瞬移。

每一次出現，現實中都可以跨越一個巨大星系，這種行進方式和速度絕對可以讓這世上幾乎所有修行者都望塵莫及。

但不包括宋煜，他的速度更快！

在真正掌握了此地各種法則後，他一身修為已經發生了質的改變！

道宮九祕中的好幾種都已突破至高法的層級，進入到一個全新的，完全屬於他的領域！

就跟眾生民意大道一樣，已然超脫！

所以當他出現在這六人附近時，對方毫無半點察覺。

宋煜悍然朝著手持綠色晶體那人一劍斬去，沒有動用任何法則，唯有純粹的劍意！

驟然而出的心神劍憑空出現，蘊藏滅世之威，銳利到無與倫比，一劍就將這人給劈了！

沒有鮮血橫流，更沒有五臟六腑流淌出來的血腥場面。

這人被劈殺之後，那點不可見的真靈爆發出不可思議的能量，牽連著散成無數法則碎片的身軀，須臾間就要重新聚合到一起。

然而就在下一刻，此地猛然間燃起滔天道火，當即就將這些法則碎片給燒成了虛無。

那點真靈在道火中瘋狂逃逸，綠色晶體則被宋煜一把抄在手裡。

剩下五人全都嚇呆了，簡直不敢相信眼前這一幕。

在他們的思感鎖定中，這個人依然還在那片目標區域，陪著家人一起閉關修行，怎麼可能突然出現在這裡？竟然能夠欺騙他們感知！

不過他們的反應也堪稱頂級，有人試圖操縱這枚綠色晶體，想要將其啟用，鎮壓宋煜。

「嗡！」

這座「宇宙墳墓」內的無數規則剎那間捲起滔天巨浪，形成一座超級劍意神山，朝這五人壓迫而來。

「砰砰砰……」

五道身影同時炸開，隨後便被宋煜放出來的道火給燒死。

「這是你們自己設計的世界，上限就是靈級！仗著身懷神器，不肯領悟這裡的法則，你們不死誰死？」宋煜深吸口氣，喃喃輕語道。

他知道，斬了這五道「投影」，對方本體必然會有感應，說不定還會很快發動無量劫。

留給他的時間確實不多了。

他沒有回到家人所在的安全區域，而是就在這裡握著這枚差點被啟用，爆發出無盡威能的綠色晶體，催動陣字祕藏和列字祕藏中的至高法，同時動用這個世界的至高法則，開始解析這件大殺器！

就在這時，綠色晶體當中忽然傳遞出一道略顯模糊的神念波動，彷彿距離很遠，信號很差一般：「你是誰？」

「老子是你祖宗！」

已經到了這種時候，宋煜也不在意跟那些未知存在撕破臉，一個又一個紀元的無量劫收割，無數代人的血淚也到了該面對的時候了。

那邊沉默了一會，透過斷斷續續的信號，傳遞過來一道極其陰冷的神念波動：「你給我等著！」

「哈哈哈哈！」宋煜突然忍不住笑起來，眼淚都差點笑出來。

現實永遠都是這般荒謬。誰能想到，誰敢相信，收割這個大世界無盡歲月的存在，居然也如此的有個性？

大人物都應該衣冠楚楚，講話都是高屋建瓴？那不過是給人看的。

高端的戰鬥，往往從問候對方家人開始！

所以，宋煜笑著對這綠色晶體回了一句：「滾你媽的！」

「轟隆隆！」

這枚綠色晶體內部開始出現劇烈震動，像是隨時會爆炸！

這東西散發出的能量隔著無數光年都能把之前的宋煜給重創，一旦爆炸，就算宋煜已經掌握了這個世界的法則，也得瞬間被炸得只剩下一點真靈。

但他卻絲毫不慌，運行真經，催動十字經文，引眾生民意道火，在綠色晶體爆炸前一刻，形成一道「眾生民意」封印，將其死死封住。

「你當這是遙控炸彈呢？」

宋煜嘀咕了一句，隨後冷笑一聲，就在這裡開始解析這枚晶體，打算將它給吞了。

……

半年後，莫名跟李道長帶著一大群人回歸。

按照宋煜的指引，所有人全部給送到那片巨大的安全區內。

宋煜回去一趟，利用此地的法則之力，為所有人「開悟」，凝聚能量晶核，然後開始修行。

面對無數身邊親朋故友的震撼與驚喜，宋煜微笑著謙虛了一句：「奮六世之餘烈，振長策而御宇內……」

能夠發生今天這一幕，能有今日之結果，絕非他一個人的功勞。

沒有道祖的布局，沒有造化烘爐，他再強也不可能進入到歸墟之地進行探索，沒機會掌握一座宏大的「宇宙墳墓」中的法則。

沒有迷失在祕藏之地的三靈之一影子大能，沒有莫名這個活了十幾個紀元的老古董，他也不可能那麼快生出超越這個時代和世界的領悟與認知。

他天賦再好，也需要站在巨人的肩膀上，才能看得更高、更遠！

事到如今，所有跟他有「因果」的人，幾乎都已經來到此地。

隨後他又對著這群親朋好友以及所有人，說了一番話：「今日修行，不為境界，只為升靈，因為我也不敢保證，無量劫來那一刻，大家能夠安然無恙。但我可以保證，你們的真靈不會被收割！」

跟眾人「告別」之後，宋煜深入歸墟之地，祭煉己身，祭煉造化烘爐，為它新增無數過去沒有的造化。

……

時間轉眼過去百年，那枚綠色晶體中的能量已然全部被宋煜所吸收，他的境界也終於來到靈級巔峰。

和莫名、李道長、老天師這群人一樣，理論上已經成為這個世界的終極。

不同的是，這些人都在等待著他的突破。

如果宋煜能夠邁出那一步，那麼其他人自然也就有了機會。

破開靈級的桎梏，才會真正有機會打破三十三層天那座恐怖的牢籠。

宋煜並沒有急著做這件事情，最近幾天他心生感應，有種劫難將至的感覺。

不僅他有，活過很多個紀元的莫名也有，李道長和老天師這些靈級大能同樣也有，只不過強烈程度有所不同。

其中宋煜的感應最為強烈！

他再次深入歸墟之地核心區域尋找各種神材，反覆祭煉造化烘爐，又順手搶了幾株超越靈級的大藥。

他也不敢說眼下這種狀態，無量劫來的時候能否用造化烘爐給擋住，準確說是屏蔽掉無量劫對這群人祕藏之地的衝擊。

他只能留住這些人的真靈，結合已知的訊息，他眼下對自身還是有些信心的，但也不敢百分百保證。

所有一切，都只能是盡人事聽天命。

對此，所有人都很看得開。

短短百年光陰，在宋煜動用天道法則強行干預給他們開掛的情況下，就連雲海神國裡面的芸芸眾生，最差的都已經踏入王級領域！

宋煜身邊這群親朋好友，即便是黃夫人這種天賦一般的，都被宋煜強行「升靈」，修行到至尊境界！

當然這不重要，就像他之前說過的那樣，最重要的是為這群人「升靈」！

這是真正從根本改變命運！

即便沒能躲過無量劫，只要宋煜活著，他們也有機會快速復活過來。

在將眾人全部安置在造化烘爐內之後，宋煜又用已經超脫陣字祕藏和列字祕藏的至高手段在裡面設下重重法陣，最後才將其收入到自己祕藏之地，帶上那幾株超越靈級的大藥，深入到歸墟最深處。

這裡恐怖的法則如今不僅不會傷害到他，反倒成了他的養分源泉。

他盤坐其中，將這幾株大藥全部吸收，催動十字經文。

「轟！」

浩瀚的歸墟之地猛然間劇烈震顫起來，恐怖的波動剎那間擴散到現世，幾乎所有的修行者，包括造化烘爐內部的雲海神國眾生，全都生出一股莫名反應。

彷彿有一尊真正意義上的至高神靈正在誕生！

……

遙遠的三十三層天世界，已經獲得自由的萬界萬族生靈也是一樣，心中同時生出一股莫名其妙的感應，一道淡淡的影子具現在他們精神識海。

「宋煜！」

不管是認識的，還是不認識的，所有生靈都在這一刻，說出這個名字。

隨後，一股無形的念力，從整個宇宙所有區域向歸墟之地傳遞過來！

「轟隆！」

三十三層天世界巨震，一道宏大到無以復加的神念驟然甦醒過來。

「誰？」

這道神念同樣被萬物眾生感應到，一股發自內心的恐懼感，不可遏制地占領心神，無法站立，紛紛跪倒膜拜。

也是在這一刻，所有修行者的祕藏之地深處，那道他們可能知道，也可能不知道的門戶瞬間開啟，不知從哪冒出來的恐怖洪流席捲而來！

寂滅！無量劫，來了！

擁有無量計生靈的三十三層天世界，只來得及為宋煜輸送一波「彈藥」，就徹底陷入到寂滅當中。

與此同時，大世界的所有角落，所有開啟了祕藏之地的修行者剎那間消失不見！

即便身處世俗凡間，正在跟普通人交流的修行者，也同樣頃刻化作虛無。

更恐怖的是，剛剛還面對面談論的那些人竟完全不記得對方的存在了，所有一切都在記憶中被抹除。

除去歸墟之地外，整個大千世界，一秒進入真正意義上的末法時代。

世間從此再無修行者！

……

歸墟之地。

隨著那股眾生念力的匯聚，這座「宇宙墳墓」內部也同樣出現了無量計的眾生念力。

無比純粹，沒有一絲雜質！

像是帶著另一個世界萬物生靈的「念」，一起湧入到宋煜體內。

剎那間，宋煜生出一種整個世界盡在掌握的感覺。

唯一真神！

同時也是在這一刻，他祕藏之地深處忽然開啟一道巨大門戶，滾滾洪流傾瀉而至。

屬於他的無量劫，降臨！

道基之上，那道璀璨奪目，宛若透明晶體的元神體張開雙眼。先看了眼劇烈掙扎的造化烘爐，一指點過去，再次增加無數法陣！

每座法陣微小如粒子，裡面卻蘊藏著至高法則，如同一個大千世界演化各種道與法。

造化烘爐瞬間平靜下來。

但宋煜知道，裡面的所有人……父母、妹妹、愛人、朋友、子民，這會都已經不在了，徹底陷入寂滅！

萬幸的是，他們的真靈都還在！的確是被護住了！

「道祖果然早就已經知道，歸墟之地也很難擋住無量劫，終究是由內而外……這造化烘爐，最多只能留住真靈不被收走。」

他拎著心神劍，不慌不忙地站起身，臉色無悲無喜。身形一閃，出現在祕藏之地深處，面對那股洶湧而至，比靈級天劫強大不知多少倍的無量劫洪流，一劍劈殺過去！

看似只有一道凌厲的劍氣，卻蘊藏世間終極法則，讓眼看著就要衝出來的洪流瞬間倒卷回去！

這並沒有結束，宋煜元神拎著劍，順著這道門戶就殺了出去。

在他進入的一剎那，剛剛被他一劍劈回去的無量劫洪流再次傾斜而來。

「滾！」宋煜元神體爆發出無盡的法則之力，散發出熾烈光芒，強大到極致，當即就將大量無量劫洪流給蒸發掉。

接著他大步往裡走去，像是一輪行走的烈日，所經之處無量劫洪流完全無法靠近他的身軀。

他不斷快速深入，往他這邊流淌的無量劫洪流不斷被蒸乾。

就這樣不斷深入、再深入！

……

外面，隨著三十三層天世界的寂滅，一道妙曼身影從那裡面飛出來，迅速具現成一個容顏絕美的女子，長相竟然跟宋煜身邊那群女子都有相似之處！

眼睛像瑤寶，臉型像師雪仙，眉毛似蕭晴，嘴巴像趙環……美得驚心動魄，但很冷漠。

她望著歸墟所在方向，身形只一閃，就已經完全消失在那裡。

沒有利用任何空間節點進行跳躍，像是掌握著更高層級的法則，每一次出現都可以穿越無數宇宙空間，眨眼間便出現在了歸墟之地。

她這種速度，說是一念而至都不誇張。

幾乎是在她出現的同一時刻，宋煜肉身從歸墟深處衝天而起，兩人遙遙相對。

在看見女子的一剎那，宋煜微微皺眉。

這張臉……怎麼有種強烈的熟悉感，像是在哪裡見過？

下一刻便反應過來，媽的，這不是用我老婆們做模板具現出來的嗎？

再想到身邊所有親朋好友，如今都已化作真靈，陷入沉睡，若非造化烘爐的庇護，早已被收割。

說不定對方在看到這次「收成」時還會很意外——怎麼這麼多頂尖高靈？

堪破生死觀的宋煜面對這種結果，談不上有多傷心，只要他能活下來，所有人就不會真正死亡，就當睡了無比漫長的一覺。

但他在看見三十三層天之靈居然用他的女人具現出這樣一張完美的臉，內心還是湧起一股強烈的憤怒！

你們也配知道美，也配有人性？

面對這個「末法世界」，除了他之外，另外的一尊「神靈」，沒有任何話語，抬手就是一劍。

早被無上法則祭煉成頂級神器的盤古劍爆發出一聲恐怖嗡鳴，一道凌厲劍氣排山倒海斬向這名女子。

女子身體周圍出現一片純粹的光幕，可輕鬆斬碎一個世界的劍氣斬在這道光幕上面，只泛起了一陣淡淡的漣漪。

似乎……無效！

「沒用的。」她開口，發出極為動聽的聲音：「想不到這個世界竟然再次出現異類，不過……沒意義的。」

她抬起一隻手，徑自抓向宋煜。

「你的元神體已經離開，就算肉身突破靈級桎梏也不可能是我的對手，我在這裡，是超越一切的存在！」

宋煜那張俊朗臉上，露出一絲不屑，揮劍斬向女子的手。

雙方動作看似簡單，實則全都在動用自身掌握的至高法則。

對這女子來說，她並不認為一個現世成長起來的天才有能力跟她抗衡。

她是超然的存在，怎麼可能敗？

「喀嚓！」

她那隻曾經一把捏爆莫名本體，超越靈級的手，竟被宋煜一劍斬落！斷手崩潰，化成無數的法則碎片，在虛空中自行燃燒起來，只不過燃燒得很慢，並且不斷爆發出大道轟鳴之音。

她駭然：「你怎麼可能傷到我？」

女子身形急退，剎那間穿越重重空間，就像她來時那樣。同時運用至高法則，要為自己催生出一條嶄新的手臂。

可讓她沒想到的是，宋煜沒了元神的肉身竟然如影隨形，隨著她不斷穿越重重空間！

更讓她震撼駭然到近乎失語的是，被斬斷的傷口處竟然無法催生出一隻新手！

「這……」

宋煜再次揮劍：「我還沒去找妳，妳倒是先來找我，無量劫殺不死我，妳更不行！」

「鏘！」

一劍斬出，劍氣外面裹挾著兩個宇宙大千世界的道與法，內裡的核心是最純粹的淩厲劍意。

「噗！」

超越靈級的女子那高高飛起的頭顱上，一雙很像瑤寶的眼睛裡寫滿震驚！

「砰」的一聲，在虛空中爆碎，剩下的身軀依然還在退，但卻很快便被宋煜給斬成了虛無！

三十三層天，在某種意義上來說，已經被宋煜給劈了！

通過一道極其微小的規則碎片，宋煜從裡面讀取到大量關於「彼岸」的訊息。

很久以後，他眼中似有火焰在燃燒，隨後他漫步在重重空間中，很快便來到三十三層天世界那裡。

雕欄玉砌應猶在——昔日無比繁華的永恆之地，如今只剩下那群不懂修行的生靈，然而他們也沒能逃過這場劫難！

隨著無量劫至，被三十三層天世界釋放出的特殊雷劫給劈死，只剩下遊蕩在各處的真靈。

嗯，未來的種子。

按照「劇本」，會在漫長歲月後，隨著這裡有人前來，再次轉世為人，或是其他各族生靈。

但在那之前，他們只能以這種狀態無意識的四處飄蕩。

隨著時間推移，這裡會跟祖地各大祕地一樣，靈氣越來越濃郁，最終溢散出去影響到祖地的低微世界。

到那時，又是一次規模龐大的靈氣復甦，大量各族生靈如雨後春筍，成長為全新一代的修行者……周而復始。

這宇宙，就是一片巨大的韭菜地。

他將這些真靈全部放出去，以大法力「運送」到地球祖地。

他們或許才是最幸福，也最幸運的一批真靈。

沒有任何境界，半點實力都沒有，普通人都能一巴掌打哭的存在，卻能在永恆之地無憂無慮地存活無數年。

雖然談不上永生，長生卻是妥妥的，有些甚至可能已經活了幾億年！

這才是真正的贏家吧？

宋煜回望一眼人間方向，毫不猶豫，揮劍斬向三十三層天世界！

「轟隆！」

一劍貫穿宇宙。

三十三層天這件巨大無匹的宇宙級法器被斬成兩半，接著在法則之力的作用下，不斷縮小、再縮小，最終變成巴掌大，如同被劈開的三十三層寶塔。

宋煜釋放出道火，開始煉化，又取出造化烘爐。

他要用這件來自彼岸的神物，打造屬於自己的神器！

……

用了大概兩年半左右，三十三層天徹底被煉化。

然後宋煜將這件來自彼岸，至高規則具現出的神物融合到造化烘爐中去，爐靈少女得到難以想像的巨大提升，已經可以自行利用規則具現出來，出現在宋煜面前！

她很清楚宋煜那些親朋好友的現狀，問要不要現在復活那些人。

宋煜拒絕了。

因為無量劫……並沒有結束！

莫名先前的說法並不誇張，幾百萬年……可能都是快的！

儘管如今他已經跟元神體幾乎失去聯繫，只剩下最基本的「生死感應」，但他知道，若是現在復活他們，這些人要嘛不修行，要嘛……依然還會被無量劫所抹殺！

這種恐怖大劫，遠比人們想像中持續的時間要長。

於是接下來的日子，具現出身體的少女陪伴宋煜前往地球祖地。

人間如故，宋煜一眼就能看見所有時間線和所有平行世界的情況，只是沒能看見他自己，同樣也沒能看見父母親人的身影。

理論上，這些人已經徹底消失在這一紀元了。

去到那些祕地，宋煜神念微動，思感籠罩整個祖地，包括低維人間，將所有跟祕藏之地有關的修行法全部毀掉化作虛無！

如今他已經有能力找尋到更多祖地，將所有跟祕藏之地有關的修行法毀掉。

當然，這並不能真正解決問題，想要一勞永逸就必須打上源頭彼岸。

如果他死了，可能要不了多久就會有新的三十三層天出現在這個世界，也會有新的祕藏法出現。

隨後他用了幾個月時間，帶著少女踏遍大千世界的各大祖地，將所有祕藏法盡數毀掉，最後回到地球。

宋煜經過推演，順著一條時間線回到古代。

在一些大墓裡面，用竹簡、玉石、石刻等方式，留下了「全新規則」的修行法，從鍛體到煉魂，再到各種神通術法。

只是這一次，不會開啟祕藏之地，更不會有天劫！

隨後他再一次進行推演，無數條因果線上未來依舊一片迷霧。

他苦笑著自嘲一句：「終究還是看不清，看來這因在我身上，最終的果也依然要看我能否成功。」

「不管結果如何，你都已經很偉大了！」爐靈化成的少女很美，目光柔和地看著宋煜：「那麼多個紀元，無數驚才絕豔的天驕都沒能做到的事情，只有你做到了。」

宋煜輕輕搖頭：「沒有道祖，沒有那些前人的努力，就沒有今日的我。」

少女笑道：「但最終卻是你呀！」

宋煜看了眼空空蕩蕩的家，隨手布下一座法陣，將其從低維世界徹底隱藏，從此消失在這世上。

「是啊，最終是我！」

第八章

終戰

原本是家的地方，此刻化作一片漂亮的園林，接下來在所有人的認知裡面，都會認為這裡始終就是一處精緻的小公園。

或許偶爾來到此地的高靈會生出幾分異樣的感覺，但也不可能有人發現真相，除非，靈氣再次復甦。

宋煜思忖著，突然心有所感，忍不住朝著某個方向望了一眼，微微皺眉。

「怎麼了？」少女問道。

「我突然看到一角未來。」

「嗯？」少女偏頭看著他，問：「很久遠以後嗎？」

「不，很近！」宋煜說著，再次沿著以自己為因的無數條時間線推演未來。

這一次，有些因果線已經不再那麼模糊，開始變得清晰起來。

「下次靈氣復甦竟來得如此之快，是因為我的原因嗎？」

宋煜喃喃輕語，想起先前落入人間那些微小的、沒有什麼危險的三十三層天碎片，當時無暇理會，卻不想那竟然會影響未來？

少女安靜地陪在一旁，也想嘗試著像宋煜那樣去推演。

不過很可惜，她雖然很早很早以前就是個擁有完整人類情緒的特殊高靈，但終究沒有學過那些唯有人族方能修行的至高的法。

很久以後，宋煜睜開眼，嘀咕了一句：「這不行啊……」

少女一臉迷惑。

宋煜沒看她，自言自語道：「此番離開，前途未卜，本以為毀掉所有開啟祕藏的修行法，留下新的法，未來我們會占有先機，卻不想這世上聰明的智慧種族實在太多了。」

「還有，原來你們也在這裡，藏得這麼深……這是兩手都要抓是吧？不過想要奪我祖地氣運，問過我嗎？」

說話間，宋煜伸出一隻手，朝虛空輕輕一抓：「就你了，給我回來！」

少女一頭霧水，宋煜卻笑著看向她：「走吧，我們去祕藏路，將他打個天翻地覆！」

「你剛剛做了什麼？」少女糊裡糊塗的跟著宋煜進了祕藏路，一臉好奇地問道。

「改變未來。」宋煜肉身微笑著，拉起少女的手，在這條乾涸的祕藏路上一路深入！

……

元神體已經走出很遠。

這種遠，如果單純按照人類的認知，至少已有幾億光年。

這條路究竟多漫長，從古至今無人得知。

順著無量劫逆流而上的過程中，宋煜也的確見識到了它的複雜程度，這真的不是靈級修行者能夠掌握的。

這是根本的認知問題，是「維度」在作祟！

好比生活在二維世界的生靈，永遠無法用三維的眼光和思維去看待問題；三維世界的生靈也永遠無法真正認知時空，就算想到了，也堪不破！

背後的存在很聰明，他們從一開始就計算到了所有。

先是設計了整個世界。

萬物生靈想要踏入修行路，就必須得開啟祕藏之地，否則只能接受境界和壽元都很有限的結果。

智慧生靈皆有欲望，沒有哪個會喜歡一眼看到頭的未來。

如此一來，一頭扎進去的結果，就如同鑽進地籠的魚只能一路向前，再無退路。

再用三十三層天的果位做餌，只要接受，就相當於認可了它代替此界天道的規則，然後被死死限制在靈級，再也無法突破！

即便道祖那種看穿一切，驚豔萬古的存在也同樣無可奈何。

就算世間生靈意識到一切都有問題，就算他們踏上祕藏路去「求真」，也完全沒有任何意義。

永遠只能做一隻在地上爬行的螞蟻，或是游在水中的魚，哪怕知道天空有雄鷹，也永遠都無法帶入到那個視角。

為了以防萬一，這條嚴格說其實是精神層面世界的祕藏路，維度設計超越靈級不止一層！

也就是說，萬一出現一條長了翅膀的魚，破開靈級桎梏踏入更高領域，進了這條祕藏路，結果也不會比那些前輩們好到哪去。

最多就是無量劫無法殺死這條「魚」，但「魚」也同樣無法看穿此處，會永遠迷失在這裡，除非，有來自那個世界的規則作為參考……

宋煜的元神體眼下就處在這種迷失狀態。

他面前的無量劫已經乾涸，循著「氣息」，他確實可以繼續往前去追溯，還能不斷深入，但無法從認知層面破開迷霧，繼續下去也沒有任何意義。

此時他已經可以感受到無數踏上這條路的先輩們那種發自內心的無奈。

他走的其實不算遠，因為最近這段時間，元神體狀態的宋煜在沿路一些乾涸的「支流」岩壁上甚至看見不少模糊的印記。

以無上法力去還原，勉強能夠拼湊出那些不知哪個紀元前輩留下的話語——

「祕藏路就像一條無限的神經網，它貫穿古今和時空，連通著每一個修行者的祕藏之地，就算沒有無量劫，任何進入者也終將迷失在這裡。除非能夠跳出三界外，站在『外面』去觀察，或許才有機會找尋到真正的路徑。」

「回不去了，再也回不去，屬於我的時代已經徹底落幕！我既不屬於過去，也不會有任何未來，現在的我這種不生不死的狀態，活著有什麼意義？」

「身為一代天驕，我曾無比自信，自認可以破開所有迷霧，做到無數先人都無法完成的偉業！可如今我迷失在這裡，永遠回不去了。」

「能有後來者見到我留下的印記嗎？還會有人知道曾有先人前輩經過這裡嗎？我真的很累了，就讓這最後一絲意識也悄然散去吧。」

宋煜元神體一路前行，見到太多類似的留言。

他也開始越來越沉默起來，開始有些懷疑自己這麼做是不是真的有意義。

「如果我現在反身回去，應該還能找到來時的路，在一個真正意義上的末法時代，只剩下我一尊真神，與肉身融合後復活所有親朋好友，是不是也可以幸福快樂的生活在一起？」

他輕聲自語，隨後搖頭苦笑，這是不可能的！

別的不說，就說投影到歸墟那些存在就不可能會放過他。

看起來他當時大發神威，將對方輕鬆斬殺，可實際上他也不過是打碎了幾道影子。

對於人家的本體來說，完全沒有任何損害！

他眼中無比真實的世界，在對方眼中不過就是個「虛擬投影遊戲」罷了，角色死在遊戲中，最多爆兩件裝備，復活就好了。

哪怕是那種特別變態的遊戲，也不過掉點等級，損失點經驗值。對於「玩家」來說，除了可能會影響到心情，又能有什麼影響呢？

他沒有再繼續前行。

就如同岩壁上某個前輩留言說的那樣，祕藏路如同一個巨大的神經元網路，縱橫交織，比整個宇宙都還要複雜。

任你怎麼走，最終也只能迷失在這個「平面」當中，無法超脫。

他打算等待自己的肉身，以最強狀態尋找機會。

……

時間不知過去多久，或許幾百年，或許幾千上萬年。

元神體的宋煜終於感應到了一絲波動，但卻並非來自他的肉身，而是敵人！

他嗅到危險氣息！

一束不知從什麼地方射來的光，精準無誤地命中他的身體，當場就將他的元神體打穿，大口魂血從口中噴出。

宋煜腳步踉蹌著，運行身法遠遁。

「彼岸」的人出手了！

就像是拎著魚叉行走在岸邊的漁夫打開手電筒照向魚兒的那束光，真正的魚叉還在對方手裡，沒有扎在他身上呢！

河裡的魚兒都知道跑，更不要說宋煜這種破開靈級桎梏的、長了翅膀的魚！

然而宋煜的速度太快了！

對方只來得及發起這一次的攻擊，就徹底失去了他的蹤影。

然而受傷逃掉的宋煜沒有任何喜悅之色，因為他同樣沒辦法找到對方。

人家擁有更高層級的法則，或許隱藏在岸邊的草叢裡，或許躲在大樹後，在他看不見的地方，目光冷漠地注視著那條河，隨時等待他的出現。

這次的傷給宋煜帶來的傷害不大不小，大約用了幾個月時間就徹底復原了。

但在這之後，他也變得更加小心，利用對方這次攻擊而殘留在自己身體裡的法則，反覆推演、解析，終於讓他掌握了一丁點原本只屬於「天空」的東西！

這讓他精神大振，甚至欣喜若狂！

不同於那些「投影」和三十三層天世界之靈，掌握的法則並沒有超脫於他所在的世界。

這人的攻擊，可是實實在在的來自「彼岸」！

殘留在他體內的那些法則之力也全都無比真實！

對方或許想不到這世上居然有人能透過這種方式去破解他們的祕密，依然還在努力尋找宋煜的下落！

一條「長翅膀的魚」，危害性極大只是一方面，最重要的是誰能抓到這條魚，就意味著難以想像的巨大收穫！

就像中世紀的那些捕鯨船，危險與際遇並存！

抓到一條就等於發了大財，可以逍遙快活好久。

宋煜解析了部分來自「彼岸」的法則以後，依然跟對方捉著迷藏。但他這條長翅膀的魚，已經可以從「水中」開始窺探「岸上」的情況了！

儘管依舊很模糊，像是隔著厚重的迷霧，可即便只能看到一點模糊的影像，那也是史無前例的重大突破！

對方很有耐心，他的耐心更足！

就這樣僵持了很多年，對方突然抽身離去，宋煜毫不猶豫地跟上去！

對方抽身離去不是放棄了他，而是感應到了他的肉身！

他等的……也正是這一刻！

對於那位「岸上」的漁夫來說，這也是個好消息！

居然能在短時間內接連發現兩條長翅膀的大魚，簡直是巨大的驚喜。

他卻不知，宋煜跟他捉迷藏這麼多年，等的就是自己的肉身！

肉身追上來了，二者合一，他有信心跟那位「漁夫」先生扳扳手腕。

那群彼岸生靈將祕藏路當成是個有圍欄的動物園，自信沒有任何生靈可以從裡面跳出來，於是便肆無忌憚地往裡投石子，甚至「開槍」射擊。

可一旦有某隻凶悍動物突破了那道圍欄，誰生誰死，可就難料了！

……

宋煜肉身速度也是極快，並不遜色元神體。

但由於元神體始終處在移動狀態，想要真正追上也沒那麼容易，加上他同樣也在解析各種法，打算將自身所學的所有一切全都推演到究極狀態，因此耽擱了一些時間。

當他和元神體相互可以生出感應，知曉有人在「獵殺」時，開始加快速度。

這一天，他將始終陪在身邊的少女趕回到造化烘爐中去，然後將造化烘爐收進祕藏之地。

此時的祕藏之地早已被他武裝到牙齒，屬於自身的浩瀚祕藏地，到處都是最頂級的法陣。

法陣中鐫刻著超越靈級的銘文、神紋和符號，就像一臺頂級駭客擁有的超級電腦！

面對「設計者」留下的後門，他進行不計其數的補強。

尤其在跟元神體生出共鳴、訊息互換之下，他利用「彼岸」的法則再次將補強升級。

其實到如今，無量劫已經徹底沒辦法奈何他了，無法通過祕藏之地的後門對他造成任何的影響。

但眼下這種狀態的他，也無法通過祕藏路回到當初離開的地方。

若是無法超脫，真正從祕藏路跳躍出去，就只能像個孤魂野鬼一樣迷失在這裡。

而他一點都不慌。畢竟親朋好友的真靈全都在他身上，他去到哪，哪裡便是家！

「你們不讓我好好的在自己家生活，那老子就去你們的家！」

宏偉浩瀚的祕藏路上，宋煜渺小的身軀宛若一隻螻蟻，抬眸望向上方某處。

迷霧中，一道影子若隱若現，鬼鬼祟祟。

此時此刻，他的元神體也已經來到這裡，那位「漁夫」並未察覺。

對方還在觀察，尋找機會。

忽然間，宋煜肉身和元神體同時催動無與倫比的時空之能，剎那間影響到此地的時光與空間，藉著這個機會融為一體，縱身一躍衝出祕藏之地的「水面」，璀璨劍光中，宋煜看見一張寫滿驚慌失措的臉。

對方眼中那不敢置信的震撼神色，讓他有種莫名的痛快！

「就他媽的是你們……把我們當動物？」

「轟隆！」

水面上方，這個宋煜暫時無法完全理解的維度空間生出難以想像的恐怖法則向下壓來。

那種壓力，似魚兒難以呼吸空氣。

「噗！」一宋煜口中噴出鮮血。

但這一劍，卻是結結實實地斬在那道身影之上。

「喀嚓！」

那道身軀當場被劈成兩半，如同被閹割淨化過的遊戲，未見任何血腥場景。

這是一道純粹的高維精神體，在被宋煜一劍劈成兩半後迅速聚合在一起，二話不說，轉身就跑！

更高層級下的法則之力可以保護他不受傷？想多了！

這個人形生靈已經被嚇得魂飛魄散，如同掉進河裡的漁夫，面對張開血盆大口的鱷魚，魂都快嚇沒了！

「鏘！」

宋煜通過之前煉化的，屬於這個世界的法則，一邊嘗試著轉換自身頻率，一邊再次對那道狂奔的身影斬出一劍。

「喀嚓！」

這道身影又一次被劈成兩半，宋煜催動無上道火燒了過去。

火焰像是遭遇狂風，剎那間差點被這世界的法則徹底「吹熄」！

然而狂風過後，火勢變得更加洶湧。

無比短暫的時間內，宋煜已經推演過千萬次！

他的眾生民意大道不僅沒被這個世界的法則淹沒，反倒變得無比「凶殘」！

這一刻，宋煜甚至生出一種無比玄妙的感應——他不是一個人在戰鬥！

而是帶著不知多少紀元，不知多少智慧文明種族的念力在復仇！

這把燒到「高維度異世界」的火，頃刻間將那惶恐至極的精神體徹底淹沒，將其燒成了虛無！

宋煜甚至看見一道十分強大的高靈試圖逃逸出去。

他催動無上劍意，那凌厲而又暴虐至極的氣息頃刻間將那高靈斬成「重傷」。

「砰！」

他丟出一張融合了這世界法則的維度武器，已經重傷的真靈發出一陣淒厲的嚎叫，迅速被削弱。

只是眨眼之間，就已經被降維到沒有任何靈智的渾噩狀態。

整個過程說來漫長，實則就是一霎。

當這名「漁夫」終於被宋煜斬殺後，屬於這個世界的恐怖法則再次向著宋煜壓迫過來。

即便他能解析一部分，可他這種純粹的「肉身加元神」體，對這世界來說依然是個異類。

偽裝得再好，也終究要被排斥。

宋煜沒有猶豫，轉身一頭扎進「水下」，回到「低維」的祕藏路中。

他的心臟在狂跳，嘴裡大口大口地往外噴著鮮血，血液中充滿了屬於那個世界的恐怖法則，殺意驚天！

「砰砰！砰砰！」

但宋煜眼裡卻滿是笑意。他盤膝坐下，開始認真解析，他的身體不斷變了又變，從最初的「肉體凡胎」，不斷朝著純粹的精神體方向發展。

不同於他曾經見過的萬族生靈裡面的精神能量生物，「水上」世界的精神體是完全不同的兩種概念。

時間再次不知不覺過去很多年，當他從入定中醒來時，身體已經跟先前被他劈殺的「漁夫」十分接近！

他再次躍出水面，這一次，那無邊的恐怖法則不再像先前那般瘋狂排斥他，但情況也只是好了一點點。

就像第一條上岸的魚，面對空氣這種新鮮東西還是非常不習慣，需要時間去進化。

宋煜並不急。

生物進化，動輒幾百幾千萬年，甚至更久，他這才哪到哪？這個世界對他來說依舊是無比陌生，甚至難以理解的。不過沒關係，事到如今，哪怕是萬古孤寂，對他來說都不是問題。

總要有人踏出這一步。

……

時光如水，按照曾經的習慣，應該已經過去幾十萬年！

宋煜回到祕藏路的次數越來越少了，甚至腦海中那些曾經的記憶，都開始有些模糊起來，但並未忘記。

只要他想，還是可以迅速把那些被塵封的訊息調出來。

他將自身「進化」之後領悟到的法則傳給了爐靈少女，少女接收得非常緩慢，因為她本身就是規則所化！

強歸強，但也同樣受到規則的制約。想要讓她進階突破，難度不是一般的大。

但宋煜還是成功了！

他依然沒有貿然的復活那些親人，只是用那世界的法則一點點去「滋養」他們。以便將來復活，可以第一時間適應。

哪怕這麼多年過去，他對這個陌生世界的了解還是十分有限，像條襲擊了釣魚佬的魚。

成功上岸，實現進化，但是可活動範圍卻依然只有很小的一片區域，對這世界遠遠談不上了解，還需要時間去熟悉。

當然這對他原本所在大千世界的萬物生靈來說，已經是開創性的突破！

如今他一眼就能看穿無數條祕藏路，再次推演自身過去、現在和未來也比過去清晰太多倍。

隨後，他帶著少女，背著盤古劍上路了。

……

一座不知名的古城深處一間古老的宮殿裡面，一群人形生靈正在召開慶功宴。

跟以往不同，這次的慶功宴上，所有的人形生靈似乎並沒有那麼喜悅。

「這次收穫不及預期。」有人形生靈高坐混沌霧氣環繞的王座之上，發出精神波動。

「聽說那邊出現了變異者？」

「我們的投影被滅掉，這已經不是第一次了。」

「那個世界運行時間太久了，不如永久關閉算了。」

「永久關閉？那我們的投入怎麼辦？」

「投入不是早已經收回來了？」

「並不夠！」

宮殿裡面傳來七嘴八舌的議論聲。

看似仙氣繚繞，實則比市場更熱鬧，到後面許多人形生靈甚至忍不住吵了起來。

王座上的人形生靈有些煩了，開口說道：「既然如此，那就投票吧，同意永久關閉那個世界的請舉手！」

「唰唰唰！」

大殿裡面一群人形生靈紛紛舉手。

「數量不足三分之一，無效。」有人形生靈大聲說道。

王座上那位再次開口：「不同意關閉，希望繼續運行的請舉手。」

有些出乎預料的是，這次舉手的同樣不多，也不到三分之一！

王座上的存在道：「剩下那些沒有表態的都是什麼意思？如果我沒記錯的話，你們很多都是從那世界出來的吧？有感情？我需要提醒你們一句，作為既得利益者，你們已經徹底蛻變，成為神族一員……」

他話音未落，這座以至高法則凝聚而成的大殿宮門被一股巨力轟開。

「轟隆隆！」

宮門破碎，超強的法則散落一地！

一道頎長挺拔的身影出現在門口，身邊還站著一名容顏絕美的少女。

如此可怕的動靜，並未讓這座大殿中的任何人感到驚訝。

高居王座之上，被混沌霧氣環繞的身影甚至專門散去那些霧氣，露出一張英俊、陽光、正義、帥氣的臉。

王座之人的臉上帶著笑容：「又有新人加入了？很好……」

「好你個屁！」宋煜一劍劈了過去。

就在宋煜出手的一剎那，大量聒噪的精神波動傳入他耳中，宛若魔音貫耳。

「呵呵，每個新人都這樣。」

「這個脾氣似乎更加火爆一點，戰力挺強的。」

「正常，當年大家不都一樣？」

「最初都難以接受，不過最終總會接受的……」

「這才是真正的永恆，你要習慣……」

宋煜充耳不聞，盤古劍錚錚作響，內裡劍靈也在嘶吼咆哮，無邊道火剎那間充斥整座大殿！

「放肆！」王座上那面容英俊到近乎完美的「人」發出一聲爆喝，一掌向宋煜拍來。

雙方看似很近，實則隔了不知多少重的空間，這是屬於這個世界的至高法則。

被宋煜一劍斬碎的宮門無聲無息再次具現出來，整座大殿彷彿成了一個獨立又浩瀚無垠的巨大宇宙。

那隻大手居高臨下，跨越重重空間，狠狠拍向宋煜。

「如此暴躁，不懂規矩，那就賜你永寂！」

「轟！」

大手上面燃燒起無窮無盡的道火，頃刻間「血肉」盡數消失，只剩下完全由至高法則凝聚而成的森森白骨，白骨同樣也在燃燒！

下一刻，這隻大手從中間被斬開！

「好凌厲的劍意！」

「我們創造出來的世界有這麼厲害的法則？怎麼可能催生出如此可怕的劍意？」

「這是真正的劍仙吧？」

「專修劍道的生靈果然厲害！」

被道火充斥的大殿裡面有人形生靈在驚呼，不過語氣中更多是一種看熱鬧的口吻。

他們似乎並未意識到這種道火的可怕之處。因為他們每個人，看似在這裡，實則都在完全不同的空間之中。

包括王座上面衝著宋煜出手的存在都安全得很！

宋煜在釋放出道火的一瞬間也已經意識到這個問題，他這一劍只斬了那隻大手，卻很難傷到這群人形生靈。

「你以為你很厲害嗎？」

王座上的英俊男人看著那隻徹底被道火燃燒成灰燼的大手，開口說了一句，隨後態度緩和下來：「不過以你戰力，可居天王位！加入我們，賜你永生的壽元，和無上的地位！」

「嗡！」

大殿裡面頓時一片譁然。

「一個新來的，憑什麼直接成為天王？」

「沒有任何功績，只有一身勇武，他不配！」

「我不同意這件事情！」

「即便你是帝主，也要尊重大家的意見，我不答應！」

「我也不答應，闖過這座大殿的人多了，憑什麼他一來就可以當上天王？」

王座之上，英俊到完美的男人再次開口：「就憑他能傷到我。」

剎那間所有嘈雜聲音戛然而止。所有人全都一臉震驚地看著王座上的那個男人，眼神中充滿不敢置信的神色。

「傷到你？怎麼可能？隔著無數空間，你擁有究極法則，他何德何能，憑什麼能傷到你？」

「不過是打破一隻法則之手，你本體在無盡遙遠的空間，他怎麼可能……」

就在這些質疑聲音剛剛傳來的時候，王座上面的英俊男人突然消失在原地，接著就是大殿內的其他人也一個個迅速「下線」。

少數還不清楚發生了什麼的人，下一刻就發出驚呼：「火！」

「這是什麼東西，怎麼可能突然燒到我身上？」

「發生了什麼事？」

隨著這些驚呼聲，所有人全部「下線」。

頃刻間整座至高規則凝聚而成的神殿，就只剩下宋煜和少女兩人站在那裡。

……

無盡遙遠的一處特殊空間內，那英俊到完美的男人渾身上下燃燒著恐怖的道火，原本平靜的臉上此刻眉頭緊鎖，眼中露出一抹凝重之色。

「我自己創造出的世界之火……怎麼可能燒到我？」

「這是帶著眾生意念的火？但那又如何？」

「它怎麼可能擁有這個世界的法則？這是……進化了？」

這男人催動各種究極法試圖滅掉身上火焰。

這種情況，對萬古長存、早已踏入永恆的他來說，同樣是完全不能理解，更無法接受的。

感覺就像遊戲開發者，被自己的遊戲人物給傷到一樣的荒謬！

這世界一切都是在模仿，一切都是投影。

世間凡人開發遊戲為的是利，從課金玩家手中賺取到金錢。

眼前這群永恆的神靈創造「遊戲世界」，為的是收割可以讓他們保持永恆壽命，維持無上神力的真靈。

站在中立的角度去看，很難用對錯來評判。

但站在宋煜這種「遊戲中的ＮＰＣ」立場來看，一句話就可以形容他的全部心情：「去你媽的，憑什麼？」

遊戲人物造反了。這是英俊男人此刻的心情。

當他發現無論他用任何究極法則都無法將身上火焰熄滅的那一刻，他的情緒從憤怒轉變為恐懼。

「這個帝主給你當！」他的神念再次出現在那座法則凝聚而成的神殿中。

哪。

然而此刻，大殿已經沒有了那一男一女的身影，沒人知道那兩人究竟去了

「轟！」

英俊男人將自己的身軀放大無數倍。

一道肉身，要比一個宇宙空間還大很多！

組成他身體的每一個微粒子都充斥著至高無上的法則之力。

然而就在下一秒，剛剛被「稀釋」的火焰再次頑強地覆蓋了他的全身上下每一處！

「鏘！」

一道劍光彷彿憑空生出。

這種他們慣用的手段，如今被一個自己創造出的世界中人施展出來，英俊男子一臉愕然、震撼、不可思議。

他都已經將自己身體變得如此巨大，這是至高法則的具現！對方竟然還能「跟上」？

「知道這火你為何滅不掉嗎？」

宋煜冰冷的神念波動傳來：「你就當它是業火好了！每一點火焰，都是無數個紀元以來被你們收割的生靈念力！」

「誰稀罕你的帝主之位？給老子去死吧！」

「喀嚓！」心神劍狠狠斬在這道巨大無匹的身軀上，從頭到腳，一劍劈開！

「你找死！」

「轟隆！」

以至高無上法則具現出超級身軀的英俊帝主一巴掌拍向宋煜，要用法則將其煉化。

——這個世界是複製黏貼的。

屬於高維度的五行元素、各種法則聚合在一起，形成一座巨大牢籠，對宋煜展開全方位的圍剿和煉化。

如果是宋煜剛從「水下」出來那會，面對這種更高層級的法則，確實不是對手，絕對會被壓制。

原因也很簡單，木材燒出來的火，能跟高級熔爐中的火比嗎？

但他如今也已經掌握了這個世界的元素規則，相當於原本的木材火灶，晉升成了高級熔爐……

感謝道祖當年留下的底蘊為他打下的基礎，眼前這尊帝主儘管強大到無以復加，但現如今的宋煜也確確實實、真真正正的威脅到了他！

不過宋煜也並未大意，對方看似悽慘，其實距離死亡還遠著呢。

「想不到你竟然強大到如此地步，我殺不死你，但你也同樣殺不死我！我把帝主位置禪讓給你，從此這神界以你為尊……你可以做任何你想做的事情，生命永恆，沒必要這般激烈。」

面容俊朗的帝主依然試圖跟宋煜講道理。這也是他萬古以來，為數不多跟別人講道理的時候。

因為絕大多數時候都可以一指頭按死，那種不配讓他講道理。

無量計生靈連他的存在都不清楚，就已經被收割。少數能夠「長出翅膀」、躍出水面的魚，在了解到事情真相後都很快選擇了加入。

大家都是體面的、至高無上的、主宰級別生靈，沒有什麼想不通，也沒有什麼是不能接受的，哪有這種一上來就拚命的傻子？

漫長的修行生涯，難道連最基礎的生死觀都沒還沒堪破？

就算剛剛結束的這次無量劫中，你的親朋好友全都死了，但既然你已經成功「上岸」，就有無數種辦法將他們復活啊！

任何一個活在記憶中的人，都可以輕而易舉的再次具現出來。

只要施術者想，被復活者甚至連記憶都沒有任何中斷，不過是睡了一覺，可謂是一人得道雞犬升天！

所以這無邊的憤怒是為什麼啊？

帝主一邊用更高層級的法則煉化瘋狂宋煜，一邊試圖說服這個可怕的冒失鬼、神經病。

直至此刻，他依舊認為自己勝券在握。這人凶歸凶，但非是他對手！

無邊的牢籠中，宋煜盤膝而坐，默默感悟著帝主釋放出的法則。

時間緩緩流逝，不知過去多久，帝主也不再勸說。

突然，宋煜催動無邊法力，一舉崩開這座元素法則牢籠！

恐怖的大爆炸中，他左手盤古劍、右手心神劍，朝著已經再次聚合到一起的帝主法體殺過去。

「匡匡匡！」

巨大法體被宋煜砍得火光四射，大片大片被斬落。

帝主身形急劇縮小，試圖通過無上法則強行碾壓宋煜的想法已然破滅，對方雖然才來這世界沒有多久，但對法則的掌控和領悟已不遜色他。

「我已經太久沒有和人這樣戰鬥過了……」他自語。

宋煜身上燃燒著可怕的眾生民意道火，無時不刻給他造成巨大傷害，但他卻像是全然不在意，運行身法，以最原始的方式跟宋煜戰在一起。

「曾經，我也打遍天下無敵手！」

……

「神界」各地，剛剛出現在大殿中的那些人這會全都被道火給燒了！

要說致命倒也不至於，畢竟所有生靈都掌握著至高無上的法則。

哪怕放任不管，任由道火燃燒，幾億年都未必能燒死他們，可問題是痛啊！

尋常火焰根本奈何不了他們，這種眾生念力形成的道火對他們這群以眾生為食的神靈來說，簡直就是天敵！

所有「神靈」全都有著跟帝主相同的怨念：「媽的，瘋了嗎？」

「為什麼？」

「至於嗎？」

「他怎麼這麼不講道理？」

他們完全無法理解，就算是心中帶著怨念「上來」的，可在知曉真相後又有什麼是不能釋懷的？

尤其帝主甚至一開口就給出去個天王位……那人到底知不知道這個位置意味著什麼啊？

神界天王，那是可以掌控諸天萬界，永恆不滅的超然存在！

一來就超越了他們這群神靈中的絕大多數，還有什麼不滿意？

修行是為了什麼？難道不是為了擁有永恆的生命，不是為了活得更好嗎？

成神之前種種不過一場遊戲，真的會有人玩遊戲玩得那麼入迷嗎？

他們一邊「滅火」，一邊百思不得其解。

就在這時，其中一尊神靈的道場外面，突然傳來一陣「叩關」聲音。

每一尊成功上岸的神靈，都有屬於自己的「本宇宙」，他們會用漫長光陰時間四處收集各種無上法則，為自己的道場築起「高牆」。

神靈間都有默契，不會輕易去對方的道場拜訪，一旦有人叩關，十有八九沒好事！

這尊神靈很謹慎，放出思感，想要看看是誰來了，然後就看見一名身穿青色道袍的白鬍子老頭禮貌地站在「關外」。

感應到他的思感，還很客氣地抬頭對他笑了笑。

這尊神靈神色微微一凜，問道：「你是何人？」

老頭不緊不慢地開口說道：「度你之人。」

神靈：「……」

老子至高無上的不死真神，帝主都不敢說度我這種話，莫不是以為跳出來一條凶悍的大魚，就什麼牛鬼蛇神都敢往外跳？

「滾出去！」

面對這種不知從哪個犄角旮旯跳出來的老道，神靈一點都不客氣，冷冷回應。

此間世界很浩瀚，但也很「冷清」，正如帝主和這群神靈全都無法理解宋煜的那個點——地廣人稀，資源無盡，你想幹什麼就幹什麼，何必這樣大動肝火拚命？

好容易才上岸，就不怕被群起而攻之，從此陷入永寂？

到他們這種境界，其實眼裡根本就沒有別人了，對無法徹底信任的彼此，都比曾經的那些親友近得多。

老道嘆息道：「可不能滾出去，我好不容易才等到今天，既然你不肯讓我度化，那我只能自己進來了。」

說著老道一揚手，這尊神靈以無上規則築起的「高牆」無聲無息出現一個大洞，老者就這樣走進來，下一秒便出現在這尊身上燃著道火的真神面前。

老者認真看了幾眼，微微點頭：「你應該從來沒有看過眾生一眼，自以為可如天道那般以萬物為芻狗；否則就應該明白，但凡跟眾生扯上因果，那今日之劫就在所難免。」

這尊神靈差點瘋掉，不可思議地看著老道：「你怎麼可能擁有這種至高無上的法力，我從來沒有見過你！」

老道笑呵呵地看著他：「淺薄。」

神靈勃然大怒，哪怕身上燃著討厭的道火，依然一巴掌拍向道祖，無窮無盡的規則之力形成恐怖絕殺向老道籠罩過來。

老道嘆了口氣，不閃不避，任由那法則之力砸在自己身上，身體怦然爆碎，隨後便又重新聚合到一起。

他輕嘆：「本來也要找你們了，卻不想當年留下的一些機緣，真的造就了一名十分完美的弟子，我很開心，就用你來慶祝一下吧。」

他說著，一股無上偉力猛然間從身上爆發出來。

「轟隆！」

這尊已將己身煉化到完全由至高法則組成的神靈怦然爆碎。

他發出不可思議的咆哮：「就算你已經掌握了此界規則，也不可能殺死同樣掌握規則的我……怎麼會這樣？」

老道搖搖頭：「誰告訴你我用的是此界規則？」

「難道你掌握了更高層級的……不可能，此地已是終極之地，所有法則均為究極，不存在更高層級的地方！」

「究極？」老道笑笑。

夏蟲不可語冰。

「轟！」

無窮法則從高天之上垂落下來，宛若一道天河將這片區域徹底湮滅。

隨著這尊神靈不甘的嘶吼，老道身影已然徹底消失。

……

「你無法徹底殺死我！」帝主渾身浴血，燃燒著熊熊火焰，那張英俊臉被宋煜斬出無數道恐怖傷口，橫七豎八，看起來十分嚇人。

「此間為究極之地，此地法則為究極法則，我們這群神靈都早已跟此間法則融為一體，我和你和所有人一樣，都是法則的一部分！你不可能殺死我，就算你強過所有人，但毀掉我們也就相當於毀掉你自己！」

宋煜看了眼混沌蒼穹，笑著道：「哪有什麼究極？我現在都能一眼看到還有路通往未知之地，你妄尊帝主，卻連這個都不知道？」

說話間，宋煜用心神劍又給帝主來了一記狠的，將其一條大腿給卸下來。

「哪有什麼未知之地，我們身為規則的化身，不死不滅，無所不在，一念間可穿越無窮空間！」

帝主使用法則新生出一條大腿，咆哮道：「看見了嗎？這就是神！你並不比我強大，無非這眾生念力形成的道火有點離奇，但也不過如此，你見過被螞蟻咬死的大象嗎？」

宋煜此時已經收起心神劍，將其和元神、肉身徹底融為一體，手持對帝主來說很低級的盤古劍，身形一閃出現在他的面前，一劍刺向其眉心。

「老子沒見過被螞蟻咬死的大象，但老子見過大量象牙製品，你猜猜……那是怎麼來的？」

「還有，我想知道，你這種人中之渣是否也有祕藏之地？」

「轟！」

帝主發現自己無論如何都無法避開宋煜這一劍，當即也發了狠，瘋狂怒吼著凝聚所有法則之力，化作一把神劍刺向宋煜眉心。

「那就同歸於盡吧！」他咆哮道。

「噗！」

盤古劍狠狠刺入帝主眉心，無與倫比的究極劍意徹底將其透露粉碎。

同時宋煜的眉心也被帝主一劍刺入，即便他催動可操控天下所有兵器的兵字祕藏究極法，依然沒能完全擋住。

「轟隆！」

宋煜的祕藏之地炸開了！

「你就算再怎麼強，也終究是我創造出來的……我是你的造物主，可以創造你，就可以毀了你！」

頭顱炸開，一時間無法重新具現出來的帝主嘶吼。

而就在祕藏之地炸開的那一瞬間，宋煜的道基與元神連同造化烘爐一起，瞬間「下沉」到丹田，完美躲過這場大爆炸。

祕藏之地爆炸，正常情況下應該將宋煜的頭顱也給炸得稀巴爛。

但讓帝主震驚到無以復加的是，不僅沒有發生這種情況，宋煜反倒在爆炸發生的一瞬間似乎變得更加強大了！

宋煜手中劍亮起璀璨至極的光芒，劍光閃爍間，如同唯一真神，將帝主燃著道火的身軀宛若庖丁解牛般開始剔除「血肉」，將原本融合到一起的不同法則盡數剔除出來。

然後用不同的手段，針對不同的法則。

那股最強劍意，始終鎖定的……是帝主強大無匹的真靈！

這種手段簡直聞所未聞，萬古以來，帝主不是沒見過驚才絕豔的生靈。

他自己、有資格進入神殿的那些神靈，又有哪個不是？

可眼前這位，太超出理解了！

明明不應該如此強大，是什麼導致這種結果？

事到如今，帝主也已經完全來不及去想那些了，因為他發現，無論如何，都無法避開對方指向他真靈這一劍。

「我應該感謝你的！」

宋煜冰冷的神念波動傳來：「如果沒有你這個造物主幫我毀去祕藏之地，說不定我真的很難徹底殺死你。」

「但現在，我已經和你沒有任何關係！」

「如今也不是我在殺你，而是無數個紀元被你吞噬的那些真靈，是眾生之怒反噬……好好感受一下吧！」

指向帝主的劍意，從原本的純粹變得無比「雜亂」，剎那間，彷彿有眾生的哀號、怒吼、哭泣、咒罵——無窮無盡的念力一股腦湧入到帝主真靈當中。

此界究極法則形成的各種「護甲」剎那間土崩瓦解，帝主的真靈開始出現可怕的龜裂，然後「砰」的一聲，炸開了。

在這種恐怖的大爆炸中，宋煜站在那裡，動都沒動一下。

不知過去多久，他抹了一把嘴角溢出的血跡，接著一張口，接連噴出幾大口帶著可怕究極法則殺傷的血液。

一道嘆息的聲音從他身後傳來：「你可以等我一起的。」

宋煜滿頭黑髮瞬間變得雪白，整個人也一下子蒼老無比。

少女爐靈猛地衝出來，卻沒有去看聲音源，儘管她一下子就聽出那是創造她的人。

她抱住宋煜大哭起來。

某種意義上來說，道祖是生父，宋煜……是她養父？愛人？反正感情更深就是了！

其實帝主說的並沒有錯。

身為此間法則的化身，被幹掉之後，法則有缺，其他依託法則而活的生靈都會受到巨大影響。

天道，也是會死的！

老態龍鍾的宋煜轉頭看向老道，拱手施了一禮：「弟子宋煜，見過師尊！」

道祖催動他創造的者字祕藏究極法為宋煜療傷，說道：「你以無數個紀元的眾生念力強殺此界最強者，幾乎等於殺死了此界天道，這裡不再永恆，你的壽元……也將因此所剩無幾，不會後悔嗎？」

哪怕有道祖親自為他療傷，宋煜依然虛弱到極致，已經無法站穩了。

他一屁股坐在地上，身體軟軟的靠在少女香軟的身上，他已經沒有力氣了。

少女流著淚，擔憂地看著他。

「師父，您應該看得出，我是個劍仙，不能飛劍斬敵首，稱什麼劍仙？我只恨自己沒有餘力，否則肯定連那些狗屁祕藏路一起給毀了！」

道祖深深看著宋煜，臉上突然露出笑容。

「即便成就唯一真神，依然不改赤子之心，這才是道！」

「可是他都要死了！」少女瞪著自己「生父」，哭著說。

「他不會死，只是受到反噬，他的道從來都不屬於這裡，此間法則殺不死他的！」道祖微笑著說了一句，同時引動此界剩餘不多的天道法則，朝著一處莫名之地轟了過去。

隨著整個浩瀚世界的劇烈震顫，那條古往今來，不知困住過多少無上強者的祕藏路徹底崩潰，依然困在那裡的無數執念剎那自由！

他笑著看向宋煜：「路沒了，此間也要死了，我們回不去了。」

宋煜勉強抬起頭，蒼老臉上頂著滿頭白髮，衝著道祖咘牙一笑：「師父，我剛剛看見還有神祕路徑通向遠方，我身上還帶著無數親朋好友，對了，還有李師兄……您老人家不能真的見死不救吧？」

道祖笑著道：「我當年來到這裡後便蟄伏起來，不斷解析此地的究極法則，對那些路徑還真的沒什麼研究，不過既然此間已死，你想守護的那個世界也已經安全，我們又回不去，那就只能前往未知之地去探索一番了。」

宋煜深吸口氣，對少女說道：「扶我起來，我們上路。」

少女抽了抽鼻子，雙眸裡露出絲絲笑意，將宋煜背在身上。

這名一劍斬此間「天道」帝主，本應沉重得壓塌三界的男人，這會老態龍鍾的趴在她身上，彷彿沒有任何重量。

「師父，問您個問題？」

「你說。」

「您當年留下造化烘爐，留下道宮九祕，是因為看到未來嗎？」

「未來其實充滿不確定，就如同你臨走之前看到的一角未來，你敢說一定就能實現嗎？」

「所以您並未指望真的有一名劍仙弟子過來？」

「那倒不是，還是很希望能夠見到你的，畢竟大道漫漫，一個人終究是寂寞的。」

老人、少女，以及趴在少女背上的「老頭」，一步步走向一條隨著此間崩潰而具現出來的通道。

——全書完

國家圖書館出版品預行編目(CIP)資料

我就是劍仙 / 小刀鋒利作. -- 初版.
-- 臺中市 : 飛燕文創事業有限公司, 2024.04-

冊；公分

ISBN 978-626-348-705-5(第11冊:平裝).--
ISBN 978-626-348-706-2(第12冊:平裝).--
ISBN 978-626-348-707-9(第13冊:平裝).--
ISBN 978-626-348-708-6(第14冊:平裝).--
ISBN 978-626-348-709-3(第15冊:平裝).--
ISBN 978-626-348-710-9(第16冊:平裝).--
ISBN 978-626-348-711-6(第17冊:平裝).--
ISBN 978-626-348-712-3(第18冊:平裝).--
ISBN 978-626-348-713-0(第19冊:平裝).--
ISBN 978-626-348-714-7(第20冊:平裝).--
ISBN 978-626-348-869-4(第21冊:平裝).--
ISBN 978-626-348-870-0(第22冊:平裝).--
ISBN 978-626-348-871-7(第23冊:平裝).--
ISBN 978-626-348-872-4(第24冊:平裝).--
ISBN 978-626-348-873-1(第25冊:平裝).--
ISBN 978-626-348-874-8(第26冊:平裝).--
ISBN 978-626-348-875-5(第27冊:平裝).--
ISBN 978-626-348-876-2(第28冊:平裝).--
ISBN 978-626-348-877-9(第29冊:平裝).--
ISBN 978-626-348-878-6(第30冊:平裝).--
ISBN 978-626-413-060-8(第31冊:平裝)

857.7 113002521

我就是劍仙 31 -END-

出版日期：2025年01月初版
建議售價：新台幣190元
ISBN 978-626-413-060-8

作　　者：小刀鋒利
發 行 人：曾國誠
文字編輯：小鯨魚
美術編輯：豆子、大明
製作/出版：飛燕文創事業有限公司
公司地址：台中市南區樹義路65號
聯絡電話：04-22638366
傳真電話：04-22629041
印 刷 所：燕京印刷廠有限公司
聯絡電話：04-22617293

各區經銷商

華中書報社　電話 02-23015389
旭昇圖書有限公司　電話 02-22451480
智豐圖書股份有限公司　電話 05-2333852
威信圖書有限公司　電話 07-3730079

網路連鎖書店

金石堂網路書店 電話：02-23649989
網址：http://www.kingstone.com.tw/
博客來網路書店 電話：02-26535588
網址：http://www.books.com.tw/

若您要購買書籍將金額郵政劃撥至22815249，戶名：曾國誠，
並將您的收據寫上購買內容傳真到04-22629041

若要購買本公司出版之其他書籍，可洽本公司各區經銷商，
或洽本公司發行部：04-22638366#11，或至各小說出租店、漫畫便利屋、各大書局、金石堂網路書店、博客來網路書店訂購。
▶如有缺頁、破損，請寄回更換！

Fei-Yan
飛燕文創